八男？別鬧了！

Y.A

Kadokawa Fantastic Novels

彩頁、內文插圖／藤ちょこ

CONTENTS

八男？別鬧了！⑰

第一話	威德林，當爸爸了	008
第二話	威德林，遭遇挫折	034
第三話	威德林，歡喜過頭？	053
第四話	葬禮和總主教選舉	079
第五話	坎蒂先生的事情都是真的！	113
第六話	藤林家的副業與不神祕的美少女店長	145
第七話	人類是麵類（上）	215
第八話	人類是麵類（下）	254
卷末附錄	即使世界不同，還是會有人想出相同的料理 with 女僕們	304

第一話　威德林，當爸爸了

「嗯——……還沒出生嗎……」

在艾格妮絲她們畢業和導師說完他的往事後沒多久，艾莉絲終於要生了。
雖然我想以丈夫的身分陪產，但這個世界不允許男性進產房。
霍恩海姆樞機主教派來的助產師和神官也都是女性。
在所有相關人士當中，只有醫生是男性，但沒想到就連他也不能進產房。
「生了沒，生了沒……」
我只能一直在產房外等待。
因為心急如焚又沒事做，我打開一旁的窗戶讓空氣流通，然後發現窗外有棵大樹。
看著樹木的葉子隨風飄落，我開始不斷用極小的「火炎球」燒掉那些樹葉。
我從剛才開始就只能空著急，如果不做點什麼，感覺會被內心的不安壓垮。
這麼做不僅能練習魔法還能消除焦慮，可說是一石二鳥。
除此之外，就沒什麼特別的意義。

「就把這招取名為『火炎槍』吧，葉子都掉完了嗎……」

落葉一下就掉光，我再次回到座位開始抖腳。

我以前沒有抖腳的習慣，但感覺這麼做會比較安心。

「嗯——」

然而，我馬上又開始坐立不安，從魔法袋裡拿出師傅寫的書。

師傅寫的書我早已全部看過，但或許我以前遺漏了對生產有幫助的知識和魔法。

「沒有對生產有幫助的魔法呢……畢竟師傅是男性……而且也沒有結婚……」

這些書已經陪了我十幾年，我早就熟讀到能輕鬆背出來的程度，所以完全沒有新發現。

「接下來……」

我又再次開始不安，於是拿出空的魔晶石打算補充魔力……

「閃閃發光的魔晶石真是漂亮……不對！這不是理所當然嗎！」

魔晶石在補充完魔力後，本來就會發光。

「威爾，你冷靜點。」

「呃，可是……」

「你再怎麼焦急都沒用吧。」

陪我一起等艾莉絲生產的艾爾勸我冷靜。

「不覺得有點太久了嗎？」

「才過兩小時而已。艾莉絲這是第一胎，本來就會多花一點時間吧？」

沒想到艾爾居然懂這麼多。

我從出生到現在，都沒遇過這種事呢……

雖然前世有個比我小一歲的弟弟，但我當然不可能記得他出生時的事情。

我在這個世界是排行最小的弟弟，亞美莉大嫂生孩子時，礙事的男性也都被趕出去了，所以我不太清楚當時的狀況。

「艾爾，你真清楚呢。」

「我老家的領地常有人生孩子。雖然我沒有幫忙過，但助產師趕來後，通常還要再花半天到一天的時間。當然也有人特別快。」

原來如此，是因為看過老家的領民生產啊。

我以前都忙著修行魔法，從來沒在意過這種事。

「威爾，喝點東西，冷靜一下吧。」

在我和艾爾說話時，亞美莉大嫂端了一杯瑪黛茶給我。

「當爸爸的在這種時候必須要沉著一點才行。」

「沉著嗎？」

「沒錯，只要安靜坐著就好。」

「我知道了。」

聽了亞美莉大嫂的建議後，我總算冷靜下來。

「真是的，幸好有亞美莉小姐在……」

時間繼續流逝，不曉得又過了幾小時。

我和艾爾只能一直等待。

這時候要是能抽菸，或許就可以轉移注意力。

我前世曾在念大學時試抽過一次，但我和香菸不合，當時嗆得非常厲害。

這個世界沒有香菸，想抽只能自己做。

不對，只要認真找應該會有，但我又不懂菸草。

我只對食物有興趣……如果是在○太上班或許就會清楚。

雖然我應該是沒什麼機會進那種大公司……哎呀，離題了。

「我又不想學布蘭塔克先生喝酒……」

「就算是布蘭塔克先生，也不會在這時候喝酒吧……」

「難說喔。」

布蘭塔克先生最愛的就是酒，就算他在這時候喝起來，我也不會覺得意外。

「等等，或許可以靠喝酒轉移注意力……」

「別鬧了，那樣實在太不得體了！」

艾爾才剛提醒我不能在自己小孩出生時喝酒，艾莉絲所在的產房裡就傳來震耳的嬰兒哭聲。

我的孩子終於出生了。

『嗚哇——！嗚哇——！』

「威爾！」

「艾爾！」

「出生了！」

「是啊！」

我連忙試著開門，但門還鎖著。

「喂——我可以進去了吧？」

『啊，好的。我馬上開門。』

我一命令裡面的人開門，產房裡的助產師就立刻回應。

不愧是一流的專家，她的聲音裡沒有一絲動搖。

如果助產師表現出慌張的樣子，其他人也會跟著不安，這是正確的態度。

她以從容不迫的聲音幫忙打開門鎖。

我才稍微把門開了一條縫，裡面就透出耀眼的光芒。

「魔法的光？」

「怎麼這麼耀眼？」

我連忙和艾爾走進房內，然後看見一個閃閃發光的嬰兒。

那道耀眼的光芒，果然是來自艾莉絲剛生下的小孩。

「不愧是我的孩子，一出生就這麼耀眼。看來他跟我不同，是個大人物。」

「這麼快就變成傻爸爸啦。但普通的嬰兒會像這樣發光嗎？這絕對跟魔法有關吧。」

雖然嬰兒過了約一分鐘就停止發光，但我立刻探測魔力，並發現我的孩子才剛出生就擁有等同初級魔法師的魔力。

厄尼斯特曾說過我的孩子很可能會是魔法師，他的推測在這一刻成了現實。

「艾莉絲，是個健康又閃耀的男孩子喔。辛苦妳了。」

「是的，幸好是個健康的男孩子。」

因為孩子很健康，所以我過來用治癒魔法替第一次生產的艾莉絲消除疲勞。

自從艾莉絲加入後，技術較差的我就沒什麼機會使用治癒魔法，這次算是久違地派上用場。

「這樣就能放心了。」

艾莉絲的娘家一定是期待她能生個兒子。

完成這項大任，讓她露出鬆了口氣的表情。

只要能順利出生，我倒是不怎麼在意孩子的性別。

「鮑麥斯特伯爵大人，以第一胎來說，艾莉絲大人的生產過程算是相當順利，也幾乎不需要靠治癒魔法舒緩生產時的疼痛。」

霍恩海姆樞機主教派來的超專業助產師表示這次的生產比預期的還要順利。

雖然保險起見找了幾名會使用治癒魔法的神官在一旁待命，但她們幾乎沒有出場的機會。

按照這個世界的常識，如果因為難產導致生產過程延長，就必須請神官頻繁地使用治癒魔法。

不過只有身分夠尊貴的人才有辦法這麼做。

一般人就跟古代的日本一樣，必須冒著風險生產。

「原來如此，那真是太好了。」

看來完美超人艾莉絲就連生孩子都很厲害。

「真可愛，頭髮跟我一樣顏色呢……」

雖然臉還長得像猴子，但這孩子繼承了鮑麥斯特家特有的深褐色頭髮。

他將來一定會成為一個生活充實的帥哥。

聽說男孩子會比較像母親，所以應該不會變得像我一樣孤僻。

「親愛的，請您幫這孩子取名。」

「呃……我已經想了很多名字，之後會好好決定。」

我從很久以前就開始想名字，但仍在猶豫該選哪一個。

因為不管選哪一個，都覺得還有更好的名字。

這個問題已經困擾了我一個星期。

「拜託您了。」

「霍恩海姆樞機主教對名字沒有意見嗎？」

畢竟是平常疼愛的孫女要生產，他這次不僅找了王都數一數二的助產師，還派了會用治癒魔法的神官過來。

據說她們厲害到王族生產時也會特別指名找這些人。

既然都做到這種地步，或許他會想要自己取名。

「爺爺說孩子必須由您來取名。畢竟這孩子是鮑麥斯特伯爵家的繼承人。」

即使是自己的曾孫，這孩子仍是其他伯爵家的下任當家。

所以不該讓霍恩海姆樞機主教取名。

「威爾，你還沒決定好嗎？」

「我實在很難只挑一個。」

「名字可以等過幾天再決定，不過他剛才是不是發出強光啊？」

艾莉絲生下的男孩早已確定將成為下一任鮑麥斯特伯爵。

但令人在意的是，他繼承了原本應該不會遺傳的魔法師特性。

該不會威德林以前出生時，也有像這樣發出神祕的光芒吧？

如果問父親，感覺會問出很不妙的事情……

「艾莉絲，妳有聽說過這種現象嗎？」

「不，從來沒有。」

艾莉絲很快就開始幫孩子餵奶。

看起來應該能喝得很飽。

艾爾在那之前就離開房間了。

他不能看主人妻子的胸部，就算是艾莉絲的朋友也必須迴避。

「威爾，現在方便嗎？」

「嗯。」

艾莉絲第一次餵完奶後，艾爾帶了一個人回來。

那就是住在我家的危險客人，魔族考古學者厄尼斯特。

他一個月前說要寫關於新探索的地下遺跡的論文，然後就一直閉關。

「鮑麥斯特伯爵，夫人，恭喜你們喜獲麟兒。」

雖然這樣想很失禮，但沒想到厄尼斯特還懂得要向我們祝賀。

他之前曾突然指出我的特殊體質，造成了不少混亂。

如果厄尼斯特的推測是錯的，那這件事還能用學者偶爾會提出的荒謬學說帶過，但實際上我的孩子真的有魔力。

作為下一任鮑麥斯特伯爵，這孩子未來或許會很辛苦，但我有預感自己也將遇到不少麻煩事。

「一切都被厄尼斯特說中了……我本來還希望那只是學者特有的荒謬理論……」

「鮑麥斯特伯爵，無論吾輩再怎麼天才，偶爾還是有可能提出錯誤的學說。只是人工魔法師的理論從很久以前就有專門學者在研究，並做出確切的結論，所以不可能會有錯，請你放棄吧。」

「原來如此……」

厄尼斯特表示魔國針對古代魔法文明的人工魔法師進行的研究，早就已經結束了。

「我們魔族能將魔法的才能遺傳給後代，古代魔法文明時代的人企圖利用人工的方式達成相同的結果。然而，魔族和人類的差異實在太大了，最後他們還是無法將這種才能變成能夠遺傳的要素。最後的研究成果是從生物設計圖的角度來看，人類繼承魔法的能力非常弱。」

生物設計圖啊……古代魔法文明時代的科技真是不容小看，居然連基因都知道。

這表示影響魔法的基因對魔族來說是顯性遺傳，對人類來說是隱性遺傳吧。

「那兩個種族的混血呢？」

「根據紀錄，以前確實存在過混血種。」

除了魔族耳朵比較長一點以外，兩個種族的外表幾乎沒有差異，彼此之間也能產下子嗣。

「但混血種之間無法產下子嗣。」

如果想將與魔法有關的基因留給後代，那最有效的方式就是讓混血種一起生小孩。

然而，混血種之間似乎無法產下子嗣。

「混血種和人類只能生出人類小孩，和魔族只能生出魔族小孩。」

所以這塊大陸上才沒有人類和魔族的混血啊。

雖然魔族目前住在遙遠的西方，與人類之間沒有交流，但我曾經納悶過為什麼沒有繼承魔族血統的人類。

「儘管詳細的作法並沒有流傳下來，但古代魔法文明時代的人後來研發出能讓好幾代後的子孫變成魔法師的特殊方法。」

古代魔法文明時代滅亡後，人工魔法師也不復存在，我只是剛好隔代遺傳到祖先的性質。

「這段話聽起來真是不可思議，但你怎麼有辦法確定我就是這樣？如果真是如此，我的家人在我剛出生時就會發現吧？」

如果孩子一出生就發出那麼耀眼的光芒，父母不可能會沒發現。

只是我也不確定威德林是否一出生就擁有魔力。

「生物設計圖不可能在出生後才產生變化，但聽說鮑麥斯特伯爵是在五六歲時才覺醒了魔法師的才能。當時是不是有發生過什麼事？」

「不，沒什麼特別的。」

「嗯──真是神祕呢。」

我剛好就是在威德林五六歲時和他互換了靈魂，是這件事對基因產生了什麼影響嗎？

雖然這個解釋很有說服力，但畢竟也只是推論，而且就算知道真相也不能怎麼樣。

在那之前，我還有其他必須完成的事情。

「能取的名字實在太多了……到底該選哪一個……」

「你居然比較煩惱這件事。」

「名字可是很重要的。畢竟會跟著這孩子一輩子。」

不能幫他取太奇怪的名字。

我從魔法袋裡拿出赫爾穆特王國的人名辭典開始翻閱。

總之我必須快點替剛出生的孩子取名字。

「你不是說已經想好幾個了?」

「或許還會有更好的名字……」

我再次煩惱該替孩子取什麼名字。

「艾莉絲，聽說孩子出生了。」

「是男孩子吧，真是太好了。」

同樣即將生產的伊娜和露易絲走進房間，她們在知道艾莉絲生的是男孩後鬆了口氣。

如果她生的是女兒，伊娜和露易絲之後又生下男孩，或許會有人想要干涉繼承權。

「雖然從家世來看不可能，但一定會有人想硬來……」

「例如布雷希洛德藩侯家的一些家臣……」

他們或許會覺得伊娜和露易絲的小孩比艾莉絲的小孩更好操控，並因此展開行動。

雖然這只是痴心妄想，但難保布雷希洛德藩侯的家臣當中不會有人動歪腦筋，他也不可能完美地控制所有家臣。

幸好艾莉絲順利生下長子，不然一定會有人失控。

「貴族真的有夠麻煩……」

「話說回來，你還在煩惱該取什麼名字嗎？」

「艾爾想好名字了嗎？」

遙也即將生產，艾爾應該也要替孩子想名字。

「生男的就叫雷昂，生女的就叫艾瑪。」

艾爾毫不猶豫地說出兩個名字，真羨慕他能決定得這麼快。

「你是怎麼挑出這兩個名字？」

「呃，就只是隨便翻了一下你的書。」

艾爾似乎很乾脆地就挑了自己看見的名字。

儘管我覺得這樣太草率了，但兩個名字都不錯。

「煩惱這種事情只會沒完沒了。鮑麥斯特家就沒什麼家族代代相傳的名字嗎？」

「沒有吧……」

艾爾到底對鮑麥斯特家有什麼期待？

我從來沒聽父母或哥哥們提過什麼家族代代相傳的名字。

「我老家有喔。會替嫡子取和幾代前的當家一樣的名字。」

不只是艾爾的老家，據說許多貴族家都會這麼做。

因為取只有當家能用的名字，能向周圍的人強調這孩子就是繼承人。
「不過如果嫡子出事，輪到次子當繼承人怎麼辦？」
「次子的名字也會從幾代前的當家裡找。畢竟是替代品。」
「即使名字和以前的當家一樣，最後還是只能住在家裡當替代品啊……」
我忍不住同情起這個世界的次子遭遇。
就只有名字被優待啊……
「不過或許鮑麥斯特家其實有嚴密的命名規則，只是我這個八男不知道而已……」
基於這樣的想法，我用魔導行動通訊機聯絡保羅哥哥，在報告完艾莉絲生了兒子後，我請他讓父親來聽。
『是兒子啊。真是太好了。』
「嗯，這下可以放心了。」
『父母在生第一個孩子後，就會擔心很多事情。』
父親也替我有了繼承人感到高興。
他立刻將話筒交給母親，她也替我生了兒子感到高興。
『雖然生女兒也沒什麼不好，但貴族還是會想要一個能當繼承人的兒子。煩惱生不出小孩的貴族也很多。畢竟這關係到家族的存續。』
就算沒生兒子，還是能透過招贅或收養親戚小孩等方式延續家門，但作父母的果然還是會想讓有直系血緣的兒子繼承家業。

『我們鮑麥斯特家倒是從來沒缺過孩子……』

儘管規模和財務狀況都很微妙，但鮑麥斯特家似乎從來沒缺過繼承人。

這麼說來，哥哥們在結婚後也都馬上有了兒子。

父親也有十個小孩，不如說我們家比較煩惱多出來的孩子該何去何從。

「對了，父親。鮑麥斯特家有什麼既定的命名規則嗎？」

『通常會沿用幾代前的當家的名字，但這並不是什麼嚴密的規範……』

雖然這樣講很失禮，但鮑麥斯特家居然也有這種傳統。

啊……不過以後應該不會有人叫科特吧。

『威德林，只有赫爾曼家會用這套命名規則。保羅家也是第一代，會自己決定怎麼取名。赫爾穆特和埃里希都是入贅，應該會尊重娘家的規定。』

原來如此，我家也是第一代，所以必須自己決定要怎麼替孩子取名。

『保羅也煩惱過這件事，這種時候王國人名辭典可說是非常有用。他後來也參考了那本書。如果真的無法決定，就只能隨便翻頁挑一個了……』

「唉……」

如果不曉得該替孩子取什麼名字，就參考王國人名辭典。

不只是我家，許多住在赫爾穆特王國的爸爸們都會依賴這本書。

看來威德林這個名字是父親隨便翻辭典看到的。

畢竟是第十個孩子，會敷衍一點也很正常。

『等孩子再長大一點後，我也會去探望孫子。』

「我會恭候你的到來。」

和父親談完後，我掛斷魔導行動通訊機。

「得好好想個名字……」

因為是自己小孩的名字，所以應該在名字裡寄託父母的期許。

寄託父母期許的名字？

我開始覺得摸不著頭緒。

畢竟內在是日本人，所以很難想像外國人的名字。

這世界明明是講日語，為什麼名字都像德國人？

「（我怎麼可能知道德國人的名字包含了什麼意義……）」

雖然我大學的第二外語是選德文，但後來幾乎都忘光了。

現在只記得德文的「早安」和「年輪蛋糕」……但這些都不能當小孩的名字吧……

真要說起來，我連威德林包含了什麼意義都不知道。

既然如此，就只能轉換方針了。

「王國人名辭典很有用喔。」

「畢竟能用的人名幾乎都包在裡面，還是看一下好了……」

我開始隨手翻閱赫爾穆特王國人名辭典。

最後我在其中一頁看見一個名字。

「就叫腓特烈吧。」

「決定得真快！」

「這名字不錯吧？」

「確實是個好名字。」

我曾在前世的世界歷史課上聽過一個國王還是皇帝叫這個名字，讓我覺得很帥氣。

感覺叫這個名字的人將來會成為大人物。

「決定了！這孩子就叫腓特烈！」

「腓特烈・馮・班諾・鮑麥斯特啊。是個好名字呢。」

因為艾莉絲也贊成，所以這孩子的名字就確定是腓特烈了。

他將成為下任鮑麥斯特伯爵，讓這塊領地變得更加繁榮。

「腓特烈，你要快點長大讓我退休喔。」

只要這孩子認真當領主，我就能放心當冒險者並自由地隱居了。

「你這句話把繼承人出生的感動和其他一切都搞砸了！」

「威爾才十幾歲吧。別現在就說這種像老人的話啦。」

「就算最近發生了不少事，講這種話還是太誇張了。」
艾爾、伊娜和露易絲不知為何一同譴責我，但孩子能夠平安出生真是太好了。
雖然大家暫時鬆了口氣，但半個月後又換伊娜她們要生了。
在那之後，鮑麥斯特伯爵家接連誕生了許多小孩。
「這比想像中痛呢……」
「伊娜小姐，我來替妳施展治癒魔法。」
「謝謝妳，艾莉絲……好痛痛痛！」
「我再幫妳加強一點。」
「謝謝妳，我覺得舒服多了。」
這個世界的生產過程也有比日本還輕鬆的部分。
當然前提是有辦法自己準備治癒魔法師。
多虧了艾莉絲的治癒魔法，伊娜順利生下一個女兒。
腓特烈那時候我只能等待……但這次不同了。
「主公大人，有個方法能夠分散注意力。」
「你有什麼好方法？」
「工作。」
「可是我在等小孩出生耶？」

「主公大人，等孩子出生後，鄙人會用魔導行動通訊機通知您，請您到時候再用『瞬間移動』回來。」

「羅德里希！你真是個魔鬼！」

「這也是為了即將出生的孩子們。」

從伊娜開始，羅德里希為了避免我在等待生產時過於不安，幫我安排了行程非常緊湊的工作。

雖然只要在孩子出生後立刻回來就好，但他果然是個魔鬼。

「主公大人必須努力一點，這也是為了即將出生的孩子們。只有領地繁榮，才能讓他們過安穩的生活，孩子都是看著父親的背影長大啊。」

「剛出生的孩子根本看不見我的背影吧。」

「……您該工作了。」

「羅德里希，你剛才是在敷衍我吧？」

雖然羅德里希說的話很有道理，但作為家臣，讓主人一直工作到孩子出生前的最後一刻，還是太過分了。

我在蓋新城鎮的地方進行整地，期待孩子能早點出生。

幾小時後，我終於收到伊娜的小孩出生的消息。

「髮色是遺傳伊娜啊。女孩子也很可愛呢。」

雖然無論是男是女，剛出生時都長得像猴子……

但很快就會變可愛。

「和艾莉絲時一樣，這孩子也很耀眼呢。」

「雖然早就預測到了，但這孩子果然也一樣……」

如同厄尼斯特的說明，我和伊娜的女兒也閃閃發光。

不僅如此……

「我生的也是女兒，而且也會發光。」

鮑麥斯特伯爵家的嬰兒潮仍在持續。

在露易絲生產完後的幾個月裡，卡特琳娜生了一個兒子，泰蕾絲、薇爾瑪、卡琪雅和莉莎也各生了一個女兒。

短短幾個月，等我滿十八歲時，已經成了兩個兒子和六個女兒的爸爸。

八個小孩啊……

感覺很快就會超越父親……

「雖然家裡女孩子有點多，但腓特烈和卡宴，你們兩個男孩子要加油喔。」

「威德林先生，你在對小嬰兒說什麼啊？」

「男孩子會比較想和男孩子一起玩，如果周圍一直有很多女性在，有時候會覺得疲憊啊。」

「是這樣嗎？」

卡特琳娜露出無法理解的表情，但這對男性來說是個大問題。

女孩子成長得比較快，口才也比較好。

緋特烈和卡宴周圍都是一堆姊妹，將來或許會很辛苦。

在我的前世把這稱作「萬花叢中一點綠」。

幸好他們有兩個人，所以不會被孤立。

「不是還有艾爾文先生的兒子雷昂嗎？」

小嬰兒們一出生就馬上被帶到專用的兒童房。

因為人數多，所以一開始就挑了個比較大的房間，裡面按照人數準備了足夠的嬰兒床，他們之後將在那裡生活。

貴族家的小孩通常是拜託奶媽照顧，所以遙和其他家臣的妻子都被派到了兒童房。

但除非母乳不夠，否則基本上都是由母親本人餵奶。

「艾莉絲覺得這樣安排好嗎？」

「每個貴族家的作法原本就不同，我也想要親自餵奶。」

有的家族完全交給奶媽餵奶，有的只讓奶媽填補不足的部分，有的全部交給生母處理。

這部分每個家族都有自己的傳統，偶爾也有當家或夫人會堅持採用自己的作法。

簡單來講，就是沒有一定的準則。

不過無論如何，最後都還是會僱用奶媽當保母，讓她們和生母一起照顧孩子。

雖說是僱用，但也不可能找外人，對象通常是生產時期相近的家臣妻子，我家也是僱用艾爾的妻子遙當奶媽。

而且遙也能充當孩子們的護衛。

目前應該是沒有人會盯上我的孩子，但還是要採取預防措施。

當然，遙生的雷昂也在同一間房裡的嬰兒床上睡覺。

雷昂將與腓特烈他們一起在相同奶媽的照顧下長大。

「將奶媽的孩子也聚集在一起，就能提升育兒效率。」

「效率啊……」

「畢竟大家都很忙。」

家臣的妻子們平常也很忙，所以將孩子集合在一起照顧確實比較有效率。

讓當家與家臣的孩子一起長大能夠產生同伴意識，將他們培育成忠心耿耿的家臣。

我家算是新興貴族，所以必須強化當家與家臣間的團結。

不只是雷昂，之後也會把其他年齡相近的家臣之子帶來這裡。

「雖然是個好習俗，但我老家都沒這麼做呢……」

根據威德林的記憶，他以前並沒有奶媽或奶媽的孩子這類的同伴。

我好像從以前到現在都很孤僻。

我的成長背景真是令人同情。

「偏遠地區的領主不一定有這種餘裕……」

即使如此，他們還是會讓家臣的妻子幫忙餵奶，並讓年齡相近的孩子們從小玩在一起，以培養忠誠心。

「但是僅限於作為繼承人的長子。」

和我一樣被家人冷落的艾爾表示，他也沒有那種兒時玩伴。

「喔喔！我跟你是同類！」

「這種同類真令人討厭……幸好遙順利生下雷昂這個繼承人。」

這樣阿尼姆家也能放心了。

我和艾爾一起在旁邊看遙幫剛出生的嬰兒們換尿布。

「她的動作很熟練呢。」

這明明是遙的第一胎，但她看起來很習慣照顧小孩。

問了之後才知道，原來她從小就會幫忙照顧親戚的孩子。

「畢竟下級武士很窮啊。」

因為男女都必須工作，所以親戚們習慣將小孩聚集在一起讓年長的孩子幫忙照顧。

遙表示她是一面照顧年幼的孩子們，一面抽空練習刀法，然後才被拔刀隊錄取。

「不愧是刀術天才……」

如果是我處在那種環境，光是照顧嬰兒一定就忙不過來了。

「幸好她有育兒經驗。」

其他還有幾位奶媽也有育兒經驗，她們熟練地同時照顧自己的小孩和腓特烈他們。

由於透過之前的相親大會結婚的家臣們也接連有了孩子，鮑麥斯特伯爵領地因此爆發空前的嬰兒潮。

「不過還有個更嚴重的問題……包括艾莉絲小姐的腓特烈、我兒子卡宴，還有其他人的孩子全都……」

「繼承了母親的才能是件好事吧？」

「只是更讓人覺得危險……」

我的小孩全都具備魔法師的素質，就連卡特琳娜也忍不住對此感到不安。

因為每個人出生時都會發光，霍恩海姆樞機主教派來的助產師和神官們也都習慣了。

大概是霍恩海姆樞機主教在派他們來之前就已經嚴格要求封口，所以他們才什麼都沒說吧。

但這表示情報已經洩漏給教會，不曉得他們之後會採取什麼行動。

「卡宴將成為威格爾家的下任當家，所以我是很高興他有魔法師的才能……」

卡特琳娜擔心一次生出這麼多魔法師，將來或許會有麻煩。

主要是會有人想逼我娶老婆。

「到時候只要嚴正拒絕就好了。」

我又不是贏了三冠大賽的純種馬。

才不要被人當成種馬！

「的確。再多那三個女孩就已經很夠了。」

「唔！」

卡特琳娜一提起艾格妮絲她們，就讓我覺得內心被狠狠刺了一下。

「不管怎樣，目前還有個急迫的問題要解決。」

「急迫的問題？」

「沒錯，貴族家一旦有了新生兒，就會有很多麻煩事要處理。」

同樣來這裡看自己的孩子的羅德里希，警告我接下來才正要開始辛苦。

「再來只剩下收賀禮和寄感謝函吧？」

「唉，基本上是這樣沒錯……」

這波嬰兒潮在八個孩子都出生後才總算告一段落，但是鮑麥斯特伯爵家之後又被捲入一連串的騷動。

第二話　威德林，遭遇挫折

「腓特烈、安奈、艾爾莎、卡宴、芙蘿拉、伊蓮娜、希爾德和勞拉都睡得很熟呢。這樣就好。」

眼前的場景十分壯觀。

鮑麥斯特伯爵家官邸內的一個房間，擺了超過二十張嬰兒床，我的妻子們、遙和請來當奶媽的家臣妻子們，正在那裡照顧熟睡的嬰兒們。

這裡看起來就像托嬰中心，之後也預定將轉為幼稚園和小學。

這個世界沒有小學，但性質上就是初等教育。

在這裡和我的孩子們一起生活的家臣之子，將來都會成為鮑麥斯特伯爵家的忠誠家臣。

我上輩子待的地球以前也會這麼做，難怪新成員不能馬上任官。

比起有能力但來路不明的外人，不如選擇從小一起長大的兒時玩伴，受過教育的人通常都能正常完成工作，所以當然會選擇熟悉的親信當家臣。

艾莉絲等人才剛幫哭鬧的嬰兒們餵完母乳，他們就直接睡著了。

看著嬰兒們的睡臉，讓我覺得心情十分平靜。

「小孩子真不錯，感覺能夠洗滌心靈。」

「主公大人，很遺憾接下來是大人的時間。」

「我知道啦……」

貴族家只要有小孩出生，認識的貴族就會贈送賀禮。

收到賀禮當然要寄感謝函，等送賀禮的貴族後來生孩子時也必須回禮。

因此貴族必須掌握從別人那裡收到了什麼，再根據賀禮內容寫感謝函。

這種感謝函有固定的格式，包含季節招呼語在內還有許多規則，讓我寫到頭都快爆炸了。

其實我以前當上班族時曾在上司的命令下考過了商業文書檢定，但根本派不上用場。

可能因為我考過的是二級而不是一級……但應該單純只是忘光了……

妻子們都忙著養育小孩，我必須在處理土木工程的同時完成這項工作。

「話說怎麼會收到這麼多賀禮？」

「這些人大概是因為想向其他人強調自己和鮑麥斯特伯爵家有交情，並藉此更加鞏固彼此之間的關係吧。」

羅德里希用像在說「這不是理所當然嗎」的表情如此回答。

「確實也只有這個可能……」

嬰兒房隔壁的房間裡，有著堆積如山的賀禮。

因為數量實在太多，感覺隨時都會倒塌。

「真壯觀，收到這麼多禮物不是很好嗎？」

「但我得寫一大堆感謝函，等送禮的貴族生小孩後也得回禮……」

這件事不像艾爾說的那樣只有好處，貴族的收入和花費都很高。

在那些花費當中，交際費用可以說是名列前茅。

前世收到紅包和白包時也必須回包，最後都是不賺不賠，但貴族的禮物行情完全不同……

因為必須正確掌握禮物的價值才能回送等價的禮物，調查這些事也是個麻煩。

「數量有點多呢。放心交給我吧。」

調查禮物價格的工作，是交給前來送賀禮的艾戴里歐先生。

據他所說，這也是御用商人的工作。

「就不能乾脆跟別人約定以後互相不送賀禮嗎？」

「不行。這樣有些人會失業。」

根據艾戴里歐先生的說明，如果不送禮物，負責製作和販賣禮物的人就沒辦法生活了，所以不能廢止這種習慣。

「也有來自沒聽過的貴族家的禮物……羅德里希，你都知道嗎？」

「有些知道名字，有些沒有印象，之後會再請紋章官確認。」

如果不請紋章官確認，就連感謝函都沒辦法寫。

「布雷希洛德藩侯、霍恩海姆樞機主教和盧克納財務卿，這些人都還好。」

畢竟是認識的人，他們的感謝函應該比較好寫。

「果然沒有這種好事……」

寫信時有許多瑣碎的規定，而且都必須親手寫，總之非常麻煩。

「我寫到快哭了……就沒有能自動模仿我筆跡的筆嗎？我願意出一億分買……」

如果能擺脫寫信的麻煩，這樣的代價還算是便宜了。

「沒有，但我們有僱用熟悉這方面的作法與規矩的家臣，他會負責撰文，所以主公大人只要照抄就好。」

「就算只要照抄也很麻煩……不能讓那個家臣模仿我的筆跡幫忙代筆嗎？」

「不行。如果事跡敗露，收信人會覺得自己被輕視。」

貴族的書信似乎不能拜託別人代筆。

結果我上午都在寫感謝函，下午都在做土木工程，這種生活持續了一個星期。

「貴族最煩人的工作就是寫信。本宮以前也吃了不少苦頭。」

「泰蕾絲，妳會模仿我的筆跡嗎？」

「很遺憾，本宮忙著照顧芙蘿拉。雖然本宮能幫忙想文章內容，但這件事已經有負責的家臣在處理了吧？」

儘管泰蕾絲是我非正式的情人，但還是大搖大擺地和艾莉絲她們一起照顧孩子。

「就不能用魔法解決嗎？莉莎，難道沒有這種魔法嗎？」

「雖然有『臨摹』魔法，但只能複製相同的筆跡和文章……」

據說過去曾有魔法師用魔法操縱筆，使用相同的筆跡複製文章。

我以前從來沒聽過這種魔法，莉莎不愧是經驗豐富的魔法師，連這種事也很清楚。

「但不能用完全相同的筆跡和文章寫感謝函。」

麻煩的是，貴族送感謝函時必須配合對方稍微調整文章內容。

嫌麻煩的大貴族會將這個工作交給專門的家臣處理。

這些人平常也負責製作統治領地時需要的文件，而且每個貴族家在這方面所使用的文體都不盡相同。

向王國提交報告書與文件時，也必須符合王國政府使用的文體和格式，他們是掌握所有相關知識的文書專家。

如果提交的文體錯誤，就無法獲得王國政府的回應，所以這些人可說是高度專業的技術官僚。

他們的薪水當然也很高，請不起的貧窮貴族就只能自己用功學習。

「的確。如果被人發現自己寄的感謝函除了收件人姓名以外都一樣，那臉就丟大了。帝國在這方面也是如此。」

「天啊！」

「我的娘家與這種事情無緣呢。畢竟爸爸和哥哥都不曾寄信給其他貴族。老公，娘家寄了馬洛薯過來當賀禮，直接蒸來吃吧。」

「果然還是甜食好。」

「對吧？我馬上去蒸。」

最後我總算寫完感謝函，而且在眾多賀禮當中，最受歡迎的就是卡琪雅娘家送的馬洛薯和瑞穗公爵送的「當季食材組」。

「嗯，一次生了八個啊，真是壯觀。」

在好不容易處理完祝賀的事情後，這次又換有人說想來看嬰兒。

「陛下，您實在是不需要親自過來……」

最令人困擾的是，陛下居然帶著王太子殿下、導師、盧克納財務卿、艾德格軍務卿和布雷希洛德藩侯來到鮑爾柏格。

我才剛透過魔導行動通訊機收到有人要來的通知，艾德格軍務卿準備的魔法師就用「瞬間移動」把人帶來了。

大人物們接連進了嬰兒房，在看見我的小孩後露出放心的笑容。

但我很清楚。

這些大人物一定是有什麼不好的企圖。

按照常理，不管是地位多高的貴族，都必須自己帶著繼承人去王宮晉見陛下。

「艾莉絲，恭喜妳生了個健康的繼承人。」
「謝謝。」
「長得很像鮑麥斯特伯爵呢。」
陛下先慰勞了艾莉絲。
「陛下，您接下來還有許多行程……」
「說得也是。其實朕有件事想拜託鮑麥斯特伯爵。」
「請問是什麼事？」
「其實……」
陛下提出的請求，讓我驚訝到說不出話來。

「唉，雖然我大概有猜到會變成這樣……」
我的立場不允許我拒絕陛下的請求，只能哀嘆世間的不公。
忙碌的陛下說完要求後，就用「瞬間移動」和其他閣僚一起返回王城，只有布雷希洛德藩侯留下來安慰我。
「我的小孩才剛出生，為什麼這麼快就得訂婚？」
「雖然有點早，但不是沒有前例。畢竟是貴族與王族的婚姻，所以都是由當家自行作主。」
「講是這樣講，布雷希洛德藩侯你還不是也沒放過我的女兒……」

「這是彼此彼此吧？我可愛的菲莉涅成年後還不是得嫁給你。」

「唔！無法反駁！」

「這是因為鮑麥斯特伯爵的狀況比較特殊。既然知道你的孩子和子孫都將是魔法師，當然會想和你結親。」

首先是艾莉絲生下的長子腓特烈，將來確定會娶王族成員當正妻。

王太子殿下好像有個剛出生不久的女兒。

通常王太子殿下如果有了小孩，大家應該都會知道，大概因為是生女兒才沒傳開吧？

腓特烈不用踏破鐵鞋，就覓得了一個比他年長的妻子。

不過零歲和一歲也沒差多少。

「腓特烈將娶王族公主為妻啊……之後到底會變怎樣？」

「以陛下的個性，應該會好好栽培她吧。畢竟如果結婚後被丈夫討厭生不出孩子，只會釀成悲劇……」

在正常情況下，貴族和王族只要結婚就能達到聯姻的效果。

然而，如果沒生下腓特烈的孩子就不會有新魔法師誕生，所以布雷希洛德藩侯才說陛下不會送來一個可能被丈夫討厭的女孩。

「伊娜，妳看起來動搖得很厲害……」

「唉，考慮到我這個母親的身分，一般是不可能發生這種事……」

伊娜生下的長女安奈將成為王太子的長子，亦即下下任國王的正妻。

雖然對方目前才三歲，但突然定下這種事，讓伊娜露出非常不安的表情。

「原來王太子殿下已經有繼承人啦。」

「主公大人，雖然不知為何許多貴族都會這麼說，但確實是有。」

基於職務上的需求，羅德里希知道王太子殿下已經有繼承人。

儘管這對王國是件好事，但為何他們父子都這麼缺乏存在感？

「雖然從母親的身分來看，確實是很難想像。」

「但考慮到安奈的父親是鮑麥斯特伯爵，這件事也沒那麼不合理……」

因為正妻沒有生女兒，所以就改用情人或側室生的女兒進行政治聯姻。

在那之前，形式上會先讓她成為正妻的養女。

「居然讓平民母親生的孩子當未來國王的正妻，實在太異常了……」

難道讓王族生出魔法師的好處，真的大到足以使他們忽視這點嗎？

「我的女兒也一樣。」

露易絲生的次女艾爾莎，也預定要成為布雷希洛德藩侯繼承人的正妻。

他原本好像有其他未婚妻，但現在也只能取消那些婚約。

儘管這是常有的事，但那些被取消婚約的貴族還是會怨恨我們吧。真是難受。

「雙方的年齡是有一點差距，但我兒子一定會好好珍惜她。」

布雷希洛德藩侯本來就不是壞人，而且考慮到我女兒生的孩子會是魔法師，他們家應該不會欺負媳婦。

「話說這裡又不是競標處或拍賣會場……」

卡特琳娜生的次子卡宴將成為下一任威格爾準男爵，所以將從盧克納財務卿的家族迎娶正妻。

薇爾瑪生的四女伊蓮娜將成為艾德格軍務卿長孫的正妻，卡琪雅生的五女希爾德將成為阿姆斯壯伯爵家長孫的正妻。

然後，莉莎生的六女勞拉將成為導師長孫的正妻。

這是陛下他們擅自討論後做出的決定，完全沒有我介入的餘地。

短短十分鐘，我可憐的孩子們就像被競標的純種馬的幼駒般決定好婚姻大事。

「對不起，我的女兒們。如果討厭夫家，隨時都能回來喔。」

我難過地對躺在嬰兒床內睡覺的女兒們說道。

「親愛的，孩子們現在還聽不懂這些。先別想這麼多，好好將他們扶養長大吧。」

艾莉絲開口安慰我，她的溫柔對現在的我來說十分可貴。

「嗚嗚……卡特琳娜、莉莎，早點教孩子們魔法，讓她們能用魔法打飛討厭的丈夫吧。」

我吩咐兩個優秀的魔法師提早鍛鍊孩子們。

這樣如果女兒被夫家的人欺負，就能直接用魔法將那些人打飛。

「威德林先生，貴族這樣做不太好吧？」

「雖然我能理解你的心情……」

卡特琳娜和莉莎都傻眼地看著我。

「果然變成這樣了……本宮的狀況也差不多。」

雖然是我的非正式情人，但仍正常地與我其他妻子一起生活的泰蕾絲如此說道。

即使沒有王國貴族想與泰蕾絲的女兒締結婚姻關係，她懷裡還是抱著一大堆信。

寄信人全都是帝國貴族。

「他們怎麼知道泰蕾絲生了芙蘿拉？」

「兩國在議和後擴大了交易規模，消息應該是透過商人傳過去的吧。」

「阿爾馮斯這傢伙……」

菲利浦公爵家、瑞穗公爵家和巴登公爵家等眾多貴族家都來信表示希望能迎娶泰蕾絲生的三女芙蘿拉。

這信件數量讓我看到都頭暈了。

「考慮到帝國的政治狀況，讓泰蕾絲的女兒嫁到那裡沒問題嗎？」

「如果是本宮本人可能會有問題，但本宮的女兒應該沒關係。」

「難道芙蘿拉是魔法師的消息已經洩漏出去了嗎？」

「不，單純只是想和王國貴族攀關係吧。威德林在內亂中一舉成名，領地卻在遙遠的南方，不會對帝國進行過度的干涉，算是相當適合結緣的對象，對交易也十分有利。」

泰蕾絲判斷我的魔法師素質會遺傳這件事，應該還沒洩漏給帝國。

「只是他們之後可能會察覺有異……」

「妳說什麼！」

「這又不可能藏一輩子。他們遲早會發現你生的小孩都是魔法師。如果不想被發現，你以後就只能過禁慾的生活了。」

「我才不要。」

我又不是出家修行的僧侶，也和一般人一樣有性慾。

「威德林，對自己誠實是件好事。」

「而且陛下也特別提醒過我了。」

「說得也是……」

布雷希洛德藩侯也有聽見，他離開時還特別叮嚀「妳們別只生兩三個孩子，不管是五個還是十個，盡量多替鮑麥斯特伯爵生幾個孩子吧」。

正為出生率低迷而煩惱的現代日本，絕對無法想像這種誇張的要求。

「但這也是陛下的好意。如果是其他人當國王，事情應該會更不得了。」

布雷希洛德藩侯表示其他國王一定會將所有正值適婚年齡的王族女性都送到我身邊。

「為了避免引發繼承問題，應該不會真的讓她們入籍，但不管是用實習還是僕人的名義送過來，都一定會逼你讓她們懷孕。」

「那也太慘了……」

「王家就是這樣的存在。只幫你的女兒安排婚事，已經算是寬宏大量了。」

對那些人來說，只要是為了赫爾穆特王國的安定與民眾的和平，讓我當種馬根本就不算什麼。

「我知道了。但我的女兒們……」

她們才剛出生沒多久，就都訂好了婚事。

「我也有菲莉涅這個女兒，所以能夠明白你的心情，但反正就算女兒是說想跟喜歡的男性結婚，做爸爸的還是會火大。」

「的確有這個可能……」

爸爸，我想和這個人結婚。

嗯，我一定會想打那個男人。

布雷希洛德藩侯也是抱持著複雜的心情，決定讓菲莉涅在幾年後嫁人。

「如果變得像我姑姑那樣，又是另一個問題……」

「喔，那個人啊……」

「因為最近領地內的景氣變好，她又開始像個孩子般要東要西，真是煩死人了。明明自己根本不會賺錢……」

「這樣啊。」

「即使幫她找到對象……馬上就離婚也很麻煩……」

不知為何，布雷希洛德藩侯講到後來都在抱怨。

諷刺的是，正因為剛出生的孩子們馬上就訂下了婚約，我們之後的生活才能變得平穩。

陛下和那些大貴族不可能對其他貴族洩漏消息，即使消息真的走漏，他們也會阻止其他貴族接近鮑麥斯特伯爵家，保障我們的平穩生活。

坦白講，這讓我的心情十分複雜。

＊　＊　＊

既然事情已成定局，再煩惱也沒什麼用。

「我要轉換心情，努力當個好爸爸！」

之後我忙著開發領地、對艾格妮絲她們進行個人指導、完成鮑麥斯特伯爵家當家的工作；而艾莉絲她們則是負責照顧孩子，並為了重新當冒險者努力鍛鍊。

當然，她們也可能很快又再次懷孕，所以這只是為了保險起見。

我現在也會積極幫忙照顧孩子，當個前世俗稱的「奶爸」。

但我平常很忙，所以能參與的範圍還是有限。

「腓特烈好乖喔。」

我在鮑爾柏格訂製了這個世界沒有的嬰兒揹巾。不過並非以往將嬰兒揹在背上的款式，而是抱在前面的新款式。

工匠聽了我的說明就立刻製作，我用成品抱著腓特烈，搖響同樣請工匠製作的波浪鼓哄他。

「腓特烈，你心情很好呢。」

「嗚哇嗚——」

我在宅第的庭院裡抱著脖子已經長硬的腓特烈，哄著他玩。

「威爾，你在幹什麼？」

「看就知道了吧？我在哄他。」

「但你是男人吧？」

這個世界普遍認為照顧小孩是女性的工作。

尤其這裡又是鄉下地方，所以艾爾用像是在凝視神祕生物般的眼神，看著我哄腓特烈。

「艾爾，我是創新的貴族。」

「你確實是新興貴族。」

「我這個創新貴族，要向世間傳遞男人也能照顧嬰兒的全新常識。」

不管哪個世界的常識，都是先由某人起頭讓大家長期模仿，最後才變成常識。

換句話說，只要其他貴族開始模仿我照顧嬰兒，我的任務就完成了。

「原來也有這種想法。」

「艾爾，如果你能幫忙照顧雷昂，或許遙會對你刮目相看喔。」

因為女性都喜歡會幫忙做家事和育兒的男性。
「那我也來試試看……」
就在艾爾準備去育嬰室幫忙時，有人阻止了他。
「主公大人……」
那人正是羅德里希。
「喔，是羅德里希啊。我跟你說，我打算當個創新的貴族。」
「不，您不需要做這種事。您原本就已經備受世間矚目了。即使是自己的小孩，您也不應該親自照顧……」
之後羅德里希對我說教了好一會兒。
內容大致是貴族家的當家不應該照顧小孩。
「新的時代潮流居然被古老的習慣阻擋……這真是個嚴重的問題。」
「主公大人，您想怎麼解釋都行，但就是不能照顧小孩。」
貴族的舉止似乎必須符合身分。
「羅德里希，你的年齡明明和我差不多，想法卻這麼古板。沒辦法了。」
我相信艾莉絲她們一定能夠理解，於是回到育嬰室。
然而，艾莉絲突然生氣了。
「親愛的，腓特烈由我們照顧就好。」

我難得有機會抱腓特烈，結果又被艾莉絲抱了回去。

「我只是想改變形象，當個會照顧嬰兒的鮑麥斯特伯爵……」

「那樣不太好。」

然而，艾莉絲完全不贊同。

這個世界都沒有女性覺得男性願意幫忙育兒是件好事嗎？

「不行嗎？」

「不行，育兒是女性的工作。」

真奇怪……難道就沒人認為男性也該幫忙育兒嗎？

「伊娜。」

「不行，育兒是我們的工作。」

我又不是要搶她們的工作，只是想幫忙而已……

「威爾，等孩子長大一點，再跟他們一起出門吧。」

「露易絲說的沒錯。威爾大人必須注意世人的眼光。」

露易絲和薇爾瑪也駁回了我的意見。

「威德林先生，真正的貴族不會照顧小孩。」

「老公，這些工作從以前就已經決定好要如何分擔了。」

不只是對貴族有許多堅持的卡特琳娜，就連卡琪雅都表示反對。

「帝國的貴族也都不會照顧小孩。」

「比較有餘力的女魔法師會僱用保母。魔導公會通常會幫忙和傭人公會牽線。」

泰蕾絲和莉莎也反對我幫忙育兒。

「所以威爾還是在一旁看就好了。」

「好啦……」

最後亞美莉大嫂像在應付孩子般開導我。

沒想到女性成員們居然會如此反對……這讓我重新體認到每個世界的常識都不同。

「主公大人，這個嬰兒揹巾非常好用，立刻找人量產吧。」

羅德里希非常中意我訂製的嬰兒揹巾，這項產品之後就這樣普及到整個王國。

第三話　威德林，歡喜過頭？

「噠——」

「是啊，大家都剛出生不久就訂婚，真是辛苦你們了。爸爸會盡全力保護你們。」

「啊嗚——」

「嗯嗯，放心交給爸爸吧。」

「喂，威爾。你幹嘛假裝在和還不會說話的小嬰兒對話啊？」

我在早上去做土木工程前和孩子們說話，但艾爾不知為何跑來妨礙。

他明明自己也當了爸爸，居然說這種不解風情的話。

「艾爾，雖然他們看起來只會說『噠——』或『啊嗚——』，但其實裡面包含了許多意思。我這個作爸爸的都聽得懂。」

「那只是你自己擅自想像的吧……」

「你講話真失禮。」

「他們還是小嬰兒，你就耐心等一下啦。他們很快就會長大到能說話……」

艾爾這傢伙當爸爸後，講話就變得很有常識。
原來如此，父母在孩子出生後也會跟著成長啊。
「比起這個，時間差不多到了。」
「雖然捨不得，但爸爸會好好加油。」
我向孩子們和艾莉絲她們道別後，正要用「瞬間移動」帶負責護衛的艾爾一起飛到工程現場，但大門口似乎有一群人在騷動。
「艾爾，發生什麼事了？」
「不知道耶？要過去看看嗎？」
「走吧。」
我們一前往蓋得像座小城寨的鮑麥斯特伯爵官邸正門，就發現衛兵們正在和一個看起來像貴族的青年起爭執。
我以前好像有看過這種景象……這就是所謂的既視感吧。
「沒有事先預約不得進入！」
「你們應該對我通融一下！畢竟我可是貝內肯男爵的長子弗洛特大人！」
「居然自己稱呼自己為『大人』？」
那個自稱是貝內肯男爵長子，叫弗洛特的青年說的話讓艾爾忍不住笑了出來。
我也是第一次看見這樣稱呼自己的貴族大少爺。

「無論是什麼人，都不能突然跑來見伯爵大人！必須先預約才行！」

叫弗洛特的貴族青年堅持要進屋，衛兵們忙著阻止他。

我沒聽羅德里希說今天有會面的行程，這表示那個男人沒有預約就想擅闖宅第與我見面。

又不是電視節目的企劃，這種傢伙通常只會給人添麻煩。

「你們沒資格阻擋我這種出身高貴的人。全都給我讓開。」

「少爺！我們也來幫忙！」

「把他們推回去！」

弗洛特在三名隨從的協助下，打算硬闖宅第。

衛兵們努力阻止並鳴笛呼喚同伴支援，將那些人推了回去。

雙方僵持不下，既然都看到這裡了，我乾脆在弗洛特面前現身。

「我就是鮑麥斯特伯爵，你有什麼事嗎？」

「喔喔！這不是鮑麥斯特伯爵大人嗎？我叫弗洛特．羅蓋爾．馮．貝內肯。是貝內肯男爵的長子。」

弗洛特禮貌地對我打招呼。看來他還算有點常識。

「那麼，你沒預約就跑來是有什麼事？」

我忍不住使用較為嚴厲的語氣。

想見我的貴族、商人和平民非常多，必須靠羅德里希嚴格篩選，如果容許別人像這樣硬來，不守規矩的人只會愈來愈多。

「那你就不應該出面吧。」

「艾爾，別在這種時候跟我講道理啦……這是例外中的例外。說吧，你有什麼事？」

「真是太榮幸了。那我就開門見山地說了！請將您的千金許配給我！」

「咦？」

我一時無法理解這個男人在說什麼。

「千金？」

「您最近不是喜獲千金嗎？當然，我會等到她成年。拜託了，岳父。」

「啊？」

這個明顯比我年長的男人，居然叫我岳父。

一開始的衝擊消失後，我逐漸聽懂他在講什麼，這讓我心裡湧出一股怒火。

「岳父，請放心把女兒交給我。」

「去死吧！你這蘿莉控！」

弗洛特一臉認真地要我把剛出生的女兒嫁給他，讓我氣得火冒三丈。

我用沒有殺傷力的爆炸魔法，將他連同隨從一起炸飛到門外。

「主公大人。」

「暫時先把他們丟進牢房。」

「遵命。」

在貝內肯男爵來接兒子之前，就讓他們在石牢裡好好休息吧。

貝內肯男爵來接弗洛特時臉色鐵青，聽說弗洛特後來被廢除繼承權，但這件事跟我一點關係也沒有。

看來弗洛特惹惱了不少王國的大人物。

事情大概就是這樣吧。

「真是的，怎麼每個傢伙都這樣……」

雖然一早就遇見討厭的傢伙，但我還是重整心情開始施工。

最近移民愈來愈多，需要新的建地、農地和道路，所以我每天都忙著在處理這些基礎工程。

「那個笨貴族到底有什麼企圖？」

「真相應該沒有洩漏吧？」

雖然我的女兒們已經和王家與大貴族家訂婚，但一切都是暗中進行。

他們徹底隱瞞了我的孩子會是魔法師的情報。

一旦走漏消息，競爭對手就會增加，所以我應該能夠相信他們。

「單純是想和財力雄厚的鮑麥斯特伯爵家攀關係，再拜託你援助他們的領地吧。」

「我想也是。」

不然即使是這個世界，也不會有超過二十歲的青年向小嬰兒求婚。

艾莉絲她們在生完小孩後，就一直為了重新當冒險者進行訓練，但周圍的人都希望她們能繼續生小孩，所以她們很可能馬上又要再請產假。

畢竟這個世界沒有政治家會大喊「女性不是用來生小孩的機器！」抗議。

「看來暫時無法組隊冒險了？」

「應該吧……」

「艾爾，不然偶爾就你、我、導師和布蘭塔克先生一起去冒險？」

「只有男性的隊伍啊，聽起來不錯。」

艾爾看起來很高興。

大概是想在妻子看不見的地方盡情放鬆一下吧。

「老師，我可以幫忙。」

「我也會加油。」

「我也是。」

艾格妮絲她們今天也來幫忙做土木工程順便修練魔法。

她們一聽見我們的談話，就說也要加入隊伍。

「謝謝，但等辛蒂和貝緹成年後再說吧。」

「她們應該也會馬上跟著請產假，到時候隊伍又要缺人了……」

「哼！」

「好痛！」

艾爾以下流的眼光看向我可愛的弟子，所以我用手肘頂了他一下。

我明明就沒把她們當成那種對象……

「老師，艾爾文先生剛才說什麼？」

「沒什麼。他只是跟平常一樣說了點蠢話。」

「這樣啊。」

艾格妮絲問我為何要用手肘頂艾爾，但我隨口敷衍過去。

就在我們當天順利完成預定的工程準備回去時，辛蒂向我提出一個請求。

「老師，我們可以去看小寶寶嗎？」

「可以啊。」

「我也想去。」

「我也是。」

艾格妮絲和貝緹也想一起去，艾爾聽見後又開始多嘴。

「是要提早學怎麼帶孩子嗎……」

「哼！」

「好痛！」
我再次用手肘頂了艾爾一下。

「──「各位夫人，好久不見了。」」
「妳們是威德林大人的弟子吧？一段時間沒見了呢。」
我帶艾格妮絲她們回家看小孩後，妻子們帶著滿臉笑容出來迎接三人。
「艾莉絲大人，我們來看小寶寶了。」
「艾莉絲大人，真羨慕您生小孩後還能維持原本的身材。」
「我只要稍微多吃一點甜食，就會很難瘦回來……」
「謝謝妳們，但想恢復原本的身材其實不容易呢。」
艾莉絲看起來也不討厭被艾格妮絲她們稱讚。
的確，艾莉絲明明前陣子才剛生完小孩，現在卻幾乎已經恢復原本的身材。
雖然不至於和懷孕前一模一樣，但現代日本的孕婦應該會很羨慕她吧。
「年輕人們，好久不見了。」
「說什麼年輕人。妳們年齡明明沒差多少，不如說露易絲看起來還比較年幼……唔呃！」
艾爾吐槽才剛生完小孩，就立刻想對艾格妮絲她們裝出成熟女性模樣的露易絲，被她回了一個比我還強的肘擊。

「我們也有過那樣的時期呢。」

「妳們為什麼要突然擺出人生前輩的架子……唔呃！」

艾爾接著對伊娜吐槽，但果然又挨了一記強烈的肘擊。

明明可以不用那麼多嘴，看來總是學不乖的艾爾才是毫無長進的人。

「哈哈哈，早點替將來做準備是件好事。」

因為大家原本就互相認識，我的妻子們爽快地接受了艾格妮絲她們。

「話說威爾沒有收男弟子呢。」

「的確，全都是女孩子。」

「才沒這回事。」

保險起見，我駁斥了露易絲和伊娜的說法。

我任教的魔法師班不論男女，所有學生都是我的弟子，雖然不像艾格妮絲她們那麼頻繁，但其他學生偶爾也會來跟我請教魔法。

只是那些時候伊娜和露易絲都剛好不在……我不否認自己對艾格妮絲她們比較偏袒，但這是因為她們的魔力量。

大部分的學生平常都是在魔之森活動，所以由我親自指導土木魔法的艾格妮絲她們自然會較為顯眼……

「優秀的弟子就該好好栽培。」

「的確，我和薇爾瑪的魔力量都輸她們三人呢。」
伊娜重新確認三人接近上級的魔力後，接受了這個說法。
「話說妳們現在幾歲？」
「我今年十五歲，辛蒂十三歲，貝緹十四歲。」
「明明年齡比我小，胸部卻比剛生完小孩的我大……」
露易絲比較過自己和艾格妮絲她們的胸部後嘆了口氣。
這麼說來，露易絲的胸部在生完小孩後也沒比較……再說下去就太危險了！
「居然是在意這種地方？」
「威爾，你覺得我還會有其他的煩惱嗎？亞美莉小姐說生完小孩後胸部會變大，但我實在沒什麼實際感受……」
露易絲的胸部確實沒什麼變化，看來這只能用基因來解釋了。
「人生本來就會遇到各種事。」
「威爾，你就沒什麼更體貼的說法嗎？」
「如果可以用魔法解決，我倒是什麼忙都願意幫……」
雖然我覺得現在這樣就很可愛，但畢竟是本人的願望。
如果能用魔法把胸部變大，我一定會毫不猶豫地幫忙。
視魔法師的才能而定，這個世界的魔法充滿了無限的可能性，但還是有很多事情辦不到。

「用魔法把胸部變大好像也沒什麼意義，還是算了。」

露易絲基本上是個不會煩惱太深的人，所以馬上就對自己的胸部釋懷了。

「雖然有聽說過傳聞，但老師的妻子真的都是魔法師……」

「艾格妮絲，老師的小孩也都是喔？」

「所有人都擁有魔力……」

魔法師能夠分辨魔法師。

艾格妮絲她們看向在嬰兒床裡睡覺的嬰兒，並在發現所有人都有魔力後大吃一驚。

「咦？咦？為什麼？」

「照理說應該不會全部都是……」

「該不會……」

三人中貝緹最先察覺真相，表情也變得非常動搖。

「貝緹，噓——」

「咦？不能說嗎？」

「在這個世界上，有些事情還是假裝不知道會比較好。」

平常沉默寡言，但偶爾會語出驚人的薇爾瑪對貝緹提出忠告。

「『今天來看魔法老師的小孩，度過一段平靜的時光就回去了』和『稍微涉入某個祕密』，你們想選哪一個？不過，選擇後者是有條件的。」

「祕密……」

「如果選擇後者，或許妳們將來能成為傑出的魔法師，但同時也會受到其他限制。而且若打破那個限制，之後的人生會過得很辛苦。」

「老師的太太好可怕……」

薇爾瑪的提問，讓艾格妮絲她們表情凝重地開始思考。

雖然這當中包含了明顯的威脅，但只要涉入就有機會成為傑出的魔法師。

這個誘惑讓她們陷入迷惘。

「薇爾瑪，妳講得太過火了……」

「威爾大人，這不是威脅，只是一場交易。」

我明明只是帶艾格妮絲她們來看小孩，結果情況不知為何變得非常緊張。

就在我開始困惑時，薇爾瑪向我說明這不是在威脅她們。

「威德林先生還是不夠謹慎，既然會接觸到陛下和大貴族們想要隱藏的機密，就不該隨便讓人見到腓特烈他們。」

「呃，我只是想實現可愛弟子們的願望……」

卡特琳娜對我的輕率感到傻眼，但是在我的前世，去探望親戚或朋友生的小孩是件非常普通的事情。

我也曾帶著賀禮去看過好幾次。

「老公，你今天早上不是才因為那個笨蛋貴族公子的事擔心祕密外洩了嗎？真是太粗心了。」

「說得沒錯……我居然沒注意到這種連卡琪雅都能發現的事情……」

「唔哇！老公，你好過分！」

的確，由於我的孩子全都具備魔法師的素質，所以必須慎重地將他們養育成人。

即使是可愛的弟子，也不該讓艾格妮絲等人見到他們。

「老公，雖然我剛認識你們時，確實曾做過一些蠢事給你們添麻煩，但也不能這樣說我吧。」

「對不起啦，卡琪雅。」

我為自己的發言向卡琪雅道歉。

「妳們難得來一趟，要不要抱抱看小嬰兒？」

「「「要！」」」

此時，莉莎像是要替卡琪雅這個過去的弟子解圍般，提議讓艾格妮絲她們抱小嬰兒。

不愧是成熟的女性，實在難以想像她以前是個化妝和言行都很誇張的人。

「「「謝謝妳。」」」

艾格妮絲她們在向莉莎道謝時也表現得很溫順，看來莉莎以前的那些事蹟都非常有名。

艾格妮絲對這方面的情報知之甚詳，所以事前有提醒過另外兩人吧。

「要像這樣抱。」

「唔哇，小寶寶抱起來好溫暖。」

「好可愛，我也想要一個了。」

「不曉得我會比較想要男孩子還是女孩子？」

經過亞美莉大嫂的指導，艾格妮絲、辛蒂和貝緹帶著笑容，分別抱起了腓特烈、安奈和艾爾莎。

「反正妳們再過不久也要當媽媽了……唔呃！」

艾爾又開始多嘴，所以我賞了他一記肘擊。

「老師，以小寶寶來說，這些孩子的魔力……」

艾格妮絲抱著腓特烈，看起來有些難以啟齒。

不管是多麼知名的魔法師，在嬰兒時期的魔力應該都比不上我的孩子。

布蘭塔克先生之前來看腓特烈他們時也說過相同的話。

但無論魔力量再怎麼多，以成年魔法師的標準來看，他們還是只有初級。

就在我覺得不需要太在意時……

「啊嗚——」

「怎麼了？腓特烈弟弟？咦！」

腓特烈稍微嗚咽了一下，艾格妮絲拚命想安撫他，但下一個瞬間，從腓特烈的指尖射出一顆「小火球」。

幸好那顆「小火球」沒打中任何東西，只在牆壁上留下一個小焦痕。

「這麼小就會用魔法了！哎呀，不愧是我的兒子！」

明明才剛出生不久，真期待他將來的發展。
「就算再怎麼溺愛孩子也要有個限度！這情況有點不妙啊！」
「是嗎？威力又不怎麼強。」
艾爾真是大驚小怪。
小嬰兒使出的「小火球」果然沒什麼威力。
畢竟只有初級的魔力，如果沒有搭配魔杖，威力就會大幅減弱。
不過小嬰兒的工作就是睡覺，所以這也不是什麼大問題。
「我說你啊……這樣照顧他們的人會有危險吧。你覺得小嬰兒有辦法控制自己放的魔法嗎？」
「說得也是……不對，我當然也有想到這點。」
目前還只有腓特烈會用魔法。
只要限定讓魔法師照顧他就行了，反正小嬰兒整天幾乎都在睡覺。
「我也會一起幫忙照顧！」
我可以輕易透過魔力的動向察覺腓特烈施放魔法的時機。
這次是因為事出突然，外加抱腓特烈的艾格妮絲作為魔法師還不夠成熟。
「別趁亂讓自己加入育兒的行列啦！」
「我要改寫貴族的常識。」
我覺得讓這世界有育兒貴族也沒什麼不好……

「不，這可不行。」

想要維護古老傳統的艾莉絲立刻笑著否定。

「老公，我覺得需要擬定對策。」

「像是讓照顧的人穿上能夠防禦魔法的裝備嗎？」

面對魔法專家莉莎的建議，我直接說出想到的方案。

腓特烈現在的魔法威力還無法貫穿裝備。

「不，這樣或許會來不及。」

「來不及？」

我一開始還無法理解莉莎在說什麼。

「我覺得在腓特烈成長到一定年齡之前，這個狀態會一直持續下去。他之後清醒的時間會愈來愈長，如果每天都無意識地放出魔法，魔力會跟著增加，魔法威力也會提升。所以裝備只能充當權宜之計……」

隨著腓特烈他們逐漸成長，使用魔法的頻率和威力也會跟著提升，若想解決問題，就必須從根本著手。

「還有一個問題。」

「還有一個？泰蕾絲，是什麼問題？」

「雖然現在只有腓特烈一個人，但包含本宮的女兒芙蘿拉在內，其他孩子的魔力量也不遜於腓特烈。這表示之後會無意識放出魔法的嬰兒可能會愈來愈多。」

「原來如此！不愧是我的孩子們！」

「現在是佩服的時候嗎？」

不曉得是不是在應驗泰蕾絲說的話？

我突然探測到施放魔法的魔力波動。

而且不只是辛蒂抱的安奈和貝緹抱的艾爾莎，我的其他孩子也有反應。

「你們兄弟姊妹感情真好，這樣爸爸就放心了。」

畢竟如果他們當中有人不會用魔法，或許會被排擠。

「笨蛋威爾！現在是悠哉地說這種話的時候嗎？快點迴避！」

艾爾抱起自己的兒子雷昂，遙和侍女們則是抱著其他被寄在這裡照顧的嬰兒逃出房間。

在那之後，除了施放過魔法後便睡著的腓特烈以外，我的孩子們開始一齊施放魔法。

「用『水彈』、『鐮鼬』和『念力』讓嬰兒床浮起來啊，還有『火柱』、『冰彈』和『龍捲』，但都沒什麼威力呢。」

「老師，現在應該不是在意這個的時候……」

「雖然沒造成太大的損害，但如果每天都這樣就不妙了。」

「需要擬定對策。」

我很高興自己的孩子全都有魔法的才能，但必須想辦法讓他們別給人添麻煩。

在情況變得有點混亂的育嬰室中，我如此下定決心。

＊＊＊

「莉莎大人，您是說魔導公會嗎？」

「儘管非常罕見，但我聽說過去也有小時候魔力太強無法控制的魔法師，所以那裡有能夠應付這種狀況的魔法道具。」

「我都不知道有這種事。」

「莉莎大人，我們的小孩將來或許也會需要呢。」

「很有可能。」

雖然腓特烈他們還只是小嬰兒，但已經發生魔力過多導致無法控制的問題。

這種狀況目前一天最多只會發生一次，但因為是無意識的反應，這樣下去會很難照顧他們。

於是為了取得能夠應付這個狀況的魔法道具，我急忙用「瞬間移動」來到位於王都的魔導公會。

莉莎、泰蕾絲和艾格妮絲她們也跟我一起同行，莉莎正在向後輩們說明將來生下我的孩子時，也可能會發生類似的事情，最好早點做準備。

「已經確定會變成那樣啦。」

「威德林，你怎麼還在說這種話。」
泰蕾絲表示艾格妮絲她們將嫁給我這件事，早就已經是既定事項。
她像是不想把時間浪費在確認這種事情上般，硬把我拉進魔導公會。
「鮑麥斯特伯爵。這麼快就厭倦一開始的妻子，改成和新妻子一起行動了嗎？」
「「「「哼！」」」」
「要死啦！」
我們進入魔導公會後，還是一樣不會看氣氛的貝肯鮑爾先生又說了多餘的話，被艾格妮絲她們打倒在地。
或許他其實喜歡被女性毆打也不一定。
「那麼，請問有什麼事？」
「我們需要兒童用的『魔力吸收裝置』。」
莉莎代替我向貝肯鮑爾先生說明狀況。
「喔，那個啊。畢竟是技術上沒什麼發展性的老舊魔法道具，使用頻率也低到不會有人賣，所以只能從這裡借呢。我們這裡有很多庫存。」
「魔力吸收裝置？」
「沒錯，鮑麥斯特的新愛人一號。」
「哼！」

「殺人啦！」

「你說誰是愛人啊！」

貝肯鮑爾先生回答時又講了多餘的話，再次被艾格妮絲賞了一巴掌。

為什麼明知道會被打還這麼貧嘴……難道這就是他的癖性？

「『魔力吸收裝置』顧名思義，就是裝備後能夠吸收魔法師魔力的裝置。」

只要替這個裝置裝上魔晶石，就能將從魔法師身上吸收到的魔力儲存進去，充滿魔力的魔晶石也能重新用在魔法道具上。

「但不會有危險嗎？」

如果每天都會被吸收魔力，感覺會影響腓特烈他們的成長。

「根據我聽到的描述，那應該是小嬰兒的魔力失控。明明還是小嬰兒卻擁有過多魔力，還會無意識地放出魔法，這種情況雖然罕見，但並非沒有前例。過去也有人擔心若一口氣奪走那些孩子的魔力，會不會對他們的成長造成影響。由於那些孩子將來一定會成為優秀的魔法師，絕對不能讓他們出事，所以這個『魔力吸收裝置』早就經過改良了。」

根據貝肯鮑爾先生的說明，這個裝置會一點一點地吸收魔力，讓孩子不會因為魔力過多而感到不快，這樣他們自然就不會再放出魔法。

「小孩子……特別是小嬰兒只要覺得魔力過於充沛，就會不舒服到睡不著。」

小嬰兒在三歲以前都必須多睡覺才能成長，過於充沛的魔力只會妨礙睡眠。

他們是為了讓自己能夠舒服睡覺，才會無意識地放出魔法。
所以腓特烈他們放完魔法後，馬上就睡著了。
「需要多少直接拿吧，當然要付租金。」
「雖然很感謝你的幫忙，但讓小嬰兒裝『魔力吸收裝置』沒關係嗎？」
「不用擔心，鮑麥斯特伯爵的愛人二號！」
這位大叔，你遲早會因為失言而被炒魷魚喔。
「咦？泰蕾絲沒有生氣。」
「不過就是講話難聽了一點而已吧？比起這個，還是『魔力吸收裝置』比較重要。」
不愧是泰蕾絲，年紀大就是不一樣。
她完全不在意貝肯鮑爾先生的發言。
「你說誰年紀大啊！威德林才比較過分吧！」
泰蕾絲，為什麼妳知道我心裡在想什麼？
「這就是『魔力吸收裝置』。」
貝肯鮑爾先生拿出來的魔法道具比想像中還要小。
道具正中央的洞，應該是用來裝空的魔晶石。
「如你們所見，這個裝置非常小，能直接佩戴在嬰兒服上。魔晶石充滿魔力後，這個部分就會發光。到時候要記得換上新的空魔晶石。」

感覺看起來就像是替電池充電的機器。

「累積的魔力能用在魔法道具上，付完租金後應該還會有剩。」

「魔力吸收裝置」的租金相當昂貴，但幸好吸收的魔力能夠重複利用。

鮑麥斯特伯爵領地也有許多魔法道具，累積的魔力應該不怕沒地方用。

「話說回來，你們借的數量可真多。還好庫存非常充足……」

即使察覺我的孩子全都擁有魔力，貝肯鮑爾先生也沒像平常那樣不看氣氛發言。

就是因為不會在關鍵的地方犯錯，他才能一直穩坐現在的職位吧。

「最近沒什麼人借這個裝置，所以不用急著還沒關係。」

「這樣啊。」

這表示近期愈來愈少有魔力強大的魔法師出生。

所以魔導公會也對我的孩子們充滿期待嗎？

「這個裝置原本就很少人借。今天來的愛人一號到五號之後也會生很多小孩，每次都一一跑來借也很麻煩。今天沒來的六號以後的愛人們也要加油喔。」

「「「「你說誰是愛人啊！」」」」

然而，貝肯鮑爾先生最後果然還是說了多餘的話，被艾格妮絲她們連打了好幾個巴掌。

這傢伙根本是自作自受，所以我完全不打算幫他。

* * *

「老師，大家的魔力都穩定下來了。」

「原來還有這種裝置。」

「他們看起來睡得很熟。」

將從魔導公會借來的「魔力吸收裝置」佩戴在腓特烈他們的嬰兒服上後，大家都開始放鬆地睡著了。

我都不知道嬰兒會因為用不掉魔力而失眠和累積壓力。

如果魔力量少就不會有這個問題，或許這也是當我小孩必須背負的命運。

「主公大人，這真是太好了。」

「羅德里希，你看起來莫名開心耶……」

除了腓特烈他們不再無意識地施放魔法以外，似乎還有其他事情讓他感到開心。

「您忘了嗎？鮑爾柏格的主要城鎮不是都裝了路燈嗎？」

「確實有這麼一回事。」

鮑爾柏格的城鎮晚上也相當熱鬧，所以我們引進了用魔力發光的路燈。

路燈主要的能量來源，是我們第一次以冒險者身分出任務時在地下遺跡打倒的龍魔像身上裝的面板，那個面板能吸收空氣中的魔力。

魔法道具公會已經能夠製造那種面板，鮑麥斯特伯爵領地也引進了一些來用。

「你該不會是在期待腓特烈他們的魔力吧？但只要有那個面板，就不用替路燈補充魔力。」

「其實那個面板的性能好像比原版差……」

魔法道具公會也明白這點，所以保留了能用魔晶石補充魔力的構造。

「難得鮑爾柏格的夜晚變得熱鬧起來，最好還是讓路燈能夠確實運作。居然從嬰兒時期就能開始提供魔力，真不愧是主公大人的孩子。」

「喂。」

羅德里希……為了領地的發展，你連我的孩子都不肯放過嗎？

「哎呀，真不愧是主公大人。請您再多生幾個孩子吧。」

羅德里希，我的小孩又不是生來提供魔力的……

「艾格妮絲大人、辛蒂大人、貝緹大人，鄙人期待各位將來在鮑麥斯特伯爵領地也能有活躍的表現。」

「羅德里希大人，放心交給我們吧。」

「畢竟我們是老師的弟子。」

「沒錯，為了老師，我們必須更加努力才行。」

「……」

羅德里希和艾格妮絲她們似乎產生了某種默契。

而且他還突然稱艾格妮絲她們為「大人」，真是太奇怪了……不對，比起這個，我的孩子們才不是發電廠！

「從一出生就開始盡在上位者的義務，主公大人的小孩們都是真正的貴族。希望這樣的人能夠繼續增加。」

「……」

簡單來講，就是要我多生幾個吧……

為了領地的發展，就連領主的小孩都能夠有效利用。

羅德里希該不會比我還適合當貴族吧。

第四話　葬禮和總主教選舉

「能看到你們生了這麼健康的男孩真是太好了。果然長壽就是福。」

等我孩子們的脖子長硬後，來看他們的客人就變多了。

今天是霍恩海姆樞機主教來訪，他滿臉笑容地抱著腓特烈。

從那個笑容，實在難以想像他是個連陛下都覺得難以應付的人物。

「艾莉絲，妳的身體狀況還好吧？」

「是的，爺爺。」

「那就好。」

這個世界沒有婦產科，許多女性生完孩子後身體狀況都會變差。

不過霍恩海姆樞機主教之前替艾莉絲找來了會治癒魔法的神官，艾莉絲本人也是治癒魔法的高手，所以不用擔心。

即使如此，霍恩海姆樞機主教還是會擔心自己的孫女。

「幸好妳生了個健康的繼承人。看來腓特烈應該能順利成為下一任鮑麥斯特伯爵。」

如果生的是女兒，周圍的人一定會對艾莉絲施壓，要她「快點再生一個」。
霍恩海姆樞機主教也對可愛的孫女不用承受那種沉重壓力而鬆了口氣。
「其他孩子看起來也很健康，脖子也都變硬了，差不多可以進行正規洗禮了。」
在這個大陸只要有小孩出生，父母就會將小孩帶去教會接受洗禮。
就連我老家的領地，都有一名叫麥斯特的神父負責洗禮儀式。
不過因為我是鮑麥斯特伯爵，所以我的孩子一開始就是接受等級最高的正規洗禮。
「這次正規洗禮將由弗里茨負責，並讓薩繆爾擔任輔佐人。」
弗里茨是艾莉絲父親的名字，雖然他還沒被任命為樞機主教，但在教會也算是個大人物。
因為必須滿五十歲才能被任命為樞機主教，所以這並不表示艾莉絲的父親升官很慢。
教會裡有許多老人，是個高層不容易有空缺的組織。
這個職業和軍人不同，只要會講道就能勝任，所以退休年齡也很晚。
另外，薩繆爾是艾莉絲哥哥的名字。
他是下下任的霍恩海姆子爵家當家，在教會的年輕人中也算地位崇高。
「由父親和哥哥負責嗎？」
「唉，這也是無可奈何。」
如果隨便交給其他人負責，我的孩子都有魔力的事情或許會洩漏出去。
但只要全部交給和霍恩海姆樞機主教有關的人處理，就不需要擔心了。

「不過爺爺，這麼做會招來批判吧？」

霍恩海姆樞機主教有機會競選下一任總主教。

艾莉絲擔心這麼露骨地偏袒自己人，或許會被競爭對手攻擊。

「老夫不在意。曾孫們的安全才是最重要的。而且老夫已經沒打算競選總主教了。」

「爺爺，這樣好嗎？」

讓霍恩海姆樞機主教當上總主教，應該是霍恩海姆子爵家長年的願望。

然而他卻自己宣告不再以此為目標，讓艾莉絲難掩驚訝。

「老夫也上了年紀。而且考量到現實狀況，以老夫和孫女婿的關係，實在不適合擔任總主教。」

我的繼承人腓特烈未來將迎娶王族，女兒安奈也將成為下下任國王的妻子。

如果霍恩海姆樞機主教再當上總主教……一定會被警戒……

「對不起，都是因為我們。」

「不用在意。雖然教會成員想當總主教很正常，但實際在近距離看過總主教後，就不太會想坐上那個位子。」

唉，確實感覺很辛苦。

不僅經常被人盯著看，就算遇到討厭的事情，也不能放縱自己或找人一起喝酒訴苦。

「而且只要一直往上爬就會發現，那裡根本不存在真正的信仰。」

即使如此，教會還是有存在的必要，因為人們不能沒有宗教。

或許已經看開這些事的霍恩海姆樞機主教，才是真正的宗教家也不一定。

「等正規洗禮的時間確定後，老夫會再另外通知你們，但地點一定是在教會總部。」

霍恩海姆樞機主教留下賀禮後，當天就返回王都。

過了約一個星期後，正規洗禮的時間終於定了下來，我帶著妻子與孩子們用「瞬間移動」前往王都。

孩子們的脖子已經變硬，所以可以直接讓他們的母親抱著。

「鮑麥斯特伯爵大人，艾莉絲大人，恭喜兩位的繼承人順利出生。」

我們用「瞬間移動」飛到霍恩海姆子爵家後，賽巴斯汀立刻出來迎接。

他首先祝賀我和艾莉絲的小孩順利出生。

「鮑麥斯特伯爵大人和艾莉絲大人都已經為人父母，看來我也上了年紀。」

「賽巴斯汀，你明明看起來一點都沒變。」

「但有許多事情……讓我覺得自己還是敵不過歲月的浪潮。」

即使如此，賽巴斯汀依然是管家的楷模。

「那麼，我們快點去教會吧。」

這次的正規洗禮預定盡可能不讓其他教會成員知道。

賽巴斯汀帶我們走小路從霍恩海姆子爵家前往教會。

「明明是正規洗禮，卻只讓相關人士知道呢。」

「這是為了避免各種麻煩。」

如果被其他教會人士知道，或許會想趁機跟我攀關係。

若對方的隨從裡有優秀的魔法師，或許會發現我的孩子全都擁有魔力。

這場正規洗禮的見證人霍恩海姆樞機主教在教會裡頗有勢力，即使不公開也沒人敢有意見。

因此這次的正規洗禮完全不對外人公開。

「總主教都沒有抱怨嗎？」

「其實總主教現在健康狀況不太好……」

「畢竟那麼老了。」

「他在上任時就已經是老頭子了。」

艾莉絲擔心年邁的總主教的健康，艾爾則是覺得人老了身體不好很正常。

「……咦？該不會他其實已經病危了？」

「鮑麥斯特伯爵大人，請放心。總主教大人正在王都郊外的醫療設施療養。因此許多教會幹部都聚集到郊外了。」

賽巴斯汀要我放心……但既然知道下次總主教選舉隨時都有可能開始，這要我怎麼放心……

「主人沒打算選下任總主教，所以其他覺得自己有希望的人，都開心地在那裡大展身手，不會來干擾正規洗禮，主人也說這樣正好。」

看來那些想當下任總主教的人，都在那裡對其他教會幹部和擁有投票權的神官拉票。

霍恩海姆樞機主教是打算趁機完成腓特烈他們的正規洗禮吧。
賽巴斯汀帶我們從後門進入教會總部，或許是所有人都已經聚集到療養中的總主教身邊，我們路上沒遇見任何人。
「孫女婿，往這裡走。」
霍恩海姆樞機主教帶我們走進聖堂，那裡也只有艾莉絲的父親和哥哥在。
「由老夫擔任見證人，其他事只要讓賽巴斯汀幫忙就好。」
舉行正規洗禮時，通常是讓年輕的實習祭司擔任儀式的助手，但今天這部分是由賽巴斯汀負責。
話說回來，真不愧是賽巴斯汀。
居然還能當儀式的助手，能幹的管家果然不同凡響。
「孫子果然很可愛。」
「艾莉絲，我的外甥很可愛呢。」
「弗里茨、薩繆爾，動作快點。」
「知道了，爺爺。」
艾莉絲的父親和哥哥一開始看腓特烈，霍恩海姆樞機主教就急忙催促他們。
「那麼……」
正規洗禮的儀式本身並不需要多少時間，不到三十分鐘就結束了。
等儀式結束，就能直接回霍恩海姆子爵家了。

「孫女婿，留下來陪我一會兒。」

送艾莉絲他們離開後，霍恩海姆樞機主教帶我走向一棟位於教會總部內的陌生建築物。

我一進去裡面，就發現那裡有個穿著神官服的老婦人。

「艾米莉，今天真是不好意思。」

「沒想到你居然也有找我幫忙的一天。」

「這都是為了讓老夫的曾孫們順利完成正規洗禮。」

「是為了祕密進行正規洗禮吧？」

「孫女婿，雖然世人經常說我是妖怪，但老夫眼前的這個人才是真正的妖怪。」

「你還是一樣，對女性一點都不體貼呢。」

從打扮來看，這位老婦人應該是教會幹部。

既然能對霍恩海姆樞機主教擺出這樣的態度，表示她是個大人物。

「如妳所見，老夫的孫女婿和教會十分疏遠。雖然他願意與教會合作，實際上一點都不虔誠。」

「有什麼關係。鮑麥斯特伯爵大人熱心公益，並因此拯救了不少人。許多貴族只會出一張嘴，捐獻時卻非常小氣。」

嗯——感覺這兩個人在互相刺探對方。

我似乎被帶到了一個不得了的地方。

「雖然介紹得有點晚了，但這位女士是艾米莉．坎普費爾特，和老夫一樣是樞機主教。」

「鮑麥斯特伯爵，久仰大名。」

這位叫艾米莉的女性，看起來和霍恩海姆樞機主教差不多年紀。

話說回來，女性能當上樞機主教真的很了不起。

教會有許多女神官，但幹部幾乎都是男性。

「女樞機主教非常罕見，通常要有足夠的實力和運氣才當得上，而艾米莉兩者兼具。」

為了正規洗禮欠這種大人物人情，真的沒關係嗎？

「今天之所以把孫女婿帶來這裡，是為了保障腓特烈他們的安全，還請你配合。」

為什麼和這個人見面，會和腓特烈他們的安全扯上關係？

「老夫簡單說明一下……」

如果霍恩海姆樞機主教當上總主教，周圍的人就會認為他的權力過於強大，在最壞的情況下甚至還會排擠他。因此他已經放棄成為總主教。

然而，他才剛發表這個消息，總主教的健康狀況就出問題了。

儘管接下來馬上就要舉行總主教選舉，霍恩海姆樞機主教這個原本最有力的人選卻突然宣布自己不會參選。

這讓原本覺得自己沒希望的人接連表明要參選，他們聚集到總主教療養的設施，吵著要其他來探病的神官們投給自己。

「明明人都還沒死……」

如果總主教後來痊癒，那些努力競選的人應該會變得很尷尬吧……

「孫女婿啊，其實總主教已經沒有意識，只差在何時要讓他停止心跳了。」

「我也有掌握到這個情報。雖然目前勉強用昂貴的魔法藥維持心跳，但只要一停藥就結束了。」

我覺得這兩個人都是妖怪。

明明人不在現場，卻還能獲得最新的情報。

「這和腓特烈他們的安全有什麼關係？」

「那些候選人全都沒什麼希望當選。無論最後是誰選上，實力都不足以擔任總主教，所以當選後應該會想要拉攏你增強勢力。」

「我又不是神官……」

我也沒空協助神官。

「你本人的確不是神官，但你的岳祖父原本是最有可能當選總主教的人，妻子又是被稱作聖女的治癒魔法師。雖然艾莉絲在教會裡只是一介祭司，但名聲十分響亮。」

坎普費爾特樞機主教的說明，讓我逐漸明白狀況。

缺乏實力的總主教，將會為了增強勢力拉攏我、艾莉絲和霍恩海姆樞機主教。

而王家和大貴族們難以牽制總主教的行為，如果一直被人打探，或許會導致腓特烈他們的祕密洩漏，讓事情變得更加混亂。

「艾格蒙特，只要你參選就行了吧。」

原來霍恩海姆樞機主教的名字叫艾格蒙特。

我以前都直接叫他爺爺或霍恩海姆樞機主教，所以不知道他的名字。

話說這兩個人居然直呼對方的名字，該不會以前曾經是情侶吧。

「艾米莉，妳就別為難我了。」

「再繼續往上爬只會招來毀滅嗎……真沒辦法。那你打算怎麼辦？要替波札爾拉票嗎？」

「不，艾米莉，妳去參選吧。」

「我？不可能啦。」

霍恩海姆樞機主教拜託坎普費爾特樞機主教出面競選總主教。

但被她拒絕了。

「女性很難當上總主教嗎？」

「是啊，光是要當上樞機主教就不容易了。」

按照坎普費爾特樞機主教的說法，至今從未有女性當上總主教。

雖然偶爾會有人參選，但都不是最有力的候選人。

順帶一提，波札爾是霍恩海姆樞機主教派系中的第二把交椅。

「波札爾才五十二歲，又剛被任命樞機主教。而且他擅長的是居中協調，無法在這種狀況發揮實力。」

「我明明也是同樣的類型。」

「少騙人了，艾米莉。妳是歷代女樞機主教中最有實力的一個。畢竟妳的老家可是坎普費爾特商會。」

「坎普費爾特……啊，是王國最大的木材商。」

坎普費爾特樞機主教是王國最大木材商的家族成員之一。

原來如此，難怪就算是女性也擁有極大的影響力。

「老夫就單刀直入地說了，老夫打算支持艾米莉，條件是要讓波札爾擔任下一任的總主教。」

「我也想要有時間陪曾孫，所以頂多只能當五年。」

「……唉，就這麼辦吧。」

我不知為何被迫見證了霍恩海姆樞機主教和坎普費爾特樞機主教之間的權力協商。

「腓特烈，我是你的爺爺喔。」

密談結束後，我們一回到霍恩海姆子爵家，就發現艾莉絲的父親正開心地抱著腓特烈。

他果然覺得孫子很可愛吧。

「弗里茨，艾米莉晚點會因為一些私事來家裡。」

「私事……怎麼可能？」

「你在說什麼啊。老夫和艾米莉是感情融洽的青梅竹馬吧。她有空時來我們家玩很正常吧。」

明明才剛訂好密約，那個老太太居然又要來訪。

她當然不可能真的只是來玩，應該是為了討論關於總主教選舉的對策吧。

「霍恩海姆樞機主教和坎普費爾特樞機主教是青梅竹馬？」

「是的，艾米莉大人經常陪小時候的我玩呢。」

根據艾莉絲的說明，那兩人是年齡相同的青梅竹馬，從小就幾乎每天玩在一起。

一個是子爵家的繼承人，一個是大商人家族的千金，有段時間甚至還傳出坎普費爾特樞機主教會嫁給霍恩海姆樞機主教當側室的傳聞。

「艾米莉大人是家中的次女，本來就算當側室也沒關係……」

然而她的姊姊突然去世，家裡需要立即招贅，所以兩人最後並沒有結婚。

坎普費爾特家只有生女兒，必須由她繼承家門。

「艾米莉大人在育兒和處理商會工作的同時，也會抽空去教會當義工。」

雖然一開始是義工，但在她的丈夫英年早逝，以及繼承商會的兒子獨立之後，她就正式成為神官。

「那個人四十歲以後才加入教會，並在最近當上了樞機主教。女婿也要小心提防她。」

光是和霍恩海姆樞機主教是青梅竹馬就已經夠厲害了，明明比別人晚起步卻能當上樞機主教，這表示她是個能力很強的人。

艾莉絲的爸爸說的沒錯，我還是小心為上。

「也有許多人謠傳父親和坎普費爾特樞機主教之間有兒女之情。」

看過兩人熟稔的對話後，確實會以為他們是那種關係。

不過真相只有當事人才知道。

「哼，居然亂傳年邁的老頭子和老女人的無聊謠言。」

「哎呀，老人的戀愛故事也是很有看頭吧。」

「妳如果繼續說這種話，又會傳出奇怪的謠言喔。」

「就讓他們去說又不會怎麼樣。」

此時，作為話題主角的坎普費爾特樞機主教，在賽巴斯汀的帶領下現身了。

她已經換上了與大商人夫人相稱的高雅服裝。

之所以不穿神官服，是為了強調自己是以私人身分拜訪霍恩海姆樞機主教吧。

「艾莉絲，恭喜妳的孩子順利出生。」

「謝謝您，艾米莉大人。」

「以前那個小小的艾莉絲居然已經當媽媽了，看來我真的是老了。不過這也難怪，畢竟連艾格蒙特都當了曾祖父。」

「這部分我們根本是半斤八兩，還是別再提年齡的話題了。」

「說得也是。可以讓我看看下一任鮑麥斯特伯爵，腓特烈大人嗎？」

帶坎普費爾特樞機主教去腓特烈睡的房間後，她立刻抱起了腓特烈，而且動作看起來非常熟練。

「畢竟我已經很習慣抱自己的孩子、孫子和曾孫了。」

這麼說來，這個人確實有結婚生子的經驗。
不曉得她丈夫是個什麼樣的人？
在家裡應該沒什麼地位吧？
該不會他之所以英年早逝……還是別想太多好了。
「這孩子將來應該能成為不錯的繼承人。」
「對吧。」
「好，我願意協助你們。」
原來如此，如果想要別人協助，就必須提供回報。
「我有個曾孫女在上個月出生，名叫史蒂芬妮。」
「艾米莉，我想妳應該清楚……」
「我明白，畢竟我家只是商家，又是平民。」
「事情就是這樣，孫女婿。」
我不可能娶剛出生的女孩，所以應該是要許配給腓特烈吧。
等他懂事時，不曉得已經有幾個妻子了？
「這對我們彼此都有利。因為我家是木材商。」
鮑麥斯特伯爵領地有許多未開發地，到處都是森林。
因為需要時只要自己砍伐就好，所以完全不用進口木材。

「羅德里希先生應該有擬定計畫，等領地的開發告一段落後就要將木材出口到其他領地吧？」

「嗯……是有聽他提過。」

有些領地缺乏樹齡長的大樹，願意出高價購買木材。

「而且也差不多該提防盜伐了。畢竟鮑麥斯特伯爵領地的交通開始變好，想獲利也變容易了。」

羅德里希也在警戒盜伐，但缺少相關的經驗。

「我們可以提供這方面的經驗。」

像坎普費爾特樞機主教這種地位的人，當然清楚我不會無條件就答應讓腓特烈娶她的曾孫女當側室。

「就像貴族把家族放在第一位，商人也非常重視自己的家。畢竟如果我們破產，會有許多人失去工作。」

以坎普費爾特商會的規模，僱用的人數應該不輸大貴族家。

「雖然可能是我個人偏心，但史蒂芬妮將來一定會是個美人兒。腓特烈大人應該也會喜歡她。」

「喔……」

但我根本無法和脖子才剛長硬，仍在喝奶的腓特烈確認這件事。

我稍微離席和羅德里希商量了一會兒，他認為這麼好的條件應該答應。

腓特烈就這樣又多了一個未婚妻。

「腓特烈，你比我還要受歡迎呢。」

「啊——」

緋特烈看起來像在說「是啊」。

他該不會正快步走上與我不同的受歡迎之路吧。

就在我想著這些事時，幾名神官衝進屋內。

「霍恩海姆樞機主教，坎普費爾特樞機主教，總主教啟程前往天國了。」

「這樣啊。」

「開始了呢。」

決定由誰擔任下一任總主教的選戰，終於要開始了。

我知道自己一定會被捲入，所以只希望能夠快點結束。

＊　＊　＊

「卡特琳娜，一起去參加總主教的葬禮吧。」

「我時間上不太方便……」

正規洗禮結束後又過了一個星期，教會在王都替總主教舉辦葬禮。

我邀卡特琳娜一起參加葬禮，但不知為何被她拒絕了。

「是貴族就應該要參加這種場合吧。」

「像我這種弱小貴族，根本就沒資格去教會總部參加儀式。」

卡特琳娜平常明明很喜歡參加和貴族有關的活動，大概是嫌教會的活動麻煩吧。

「除了艾莉絲以外，還有誰要一起參加嗎？」

所有人全都沒舉手，並散發出一股不想參加嚴肅儀式的氣氛。

「我出身卑微。」

「我也是。」

「艾莉絲大人，我會幫忙照顧腓特烈。」

伊娜、露易絲和薇爾瑪立刻拒絕，卡特琳娜也一樣。

「帝國的教會人員也一樣麻煩，現在好不容易不用和他們往來了，本宮才不想參加總主教葬禮這種麻煩的儀式。」

「我想也是……」

泰蕾絲，其實我也不想參加啊。

「我可能會做出失禮的舉動，所以還是不去了。」

「我也不擅長應付教會……」

卡琪雅和莉莎也拒絕了。

「明明單純只是送總主教大人啟程前往天國的儀式……」

艾莉絲基本上是個善良的人，應該單純只是為了替總主教祈禱才參加葬禮。

總主教曾替我們的婚禮證婚，所以不去就太不合情理了。

「艾莉絲，考慮到出席的都是大人物，應該不少人會覺得有壓力。」

畢竟王族也會出席……

我個人的心情也是偏向不想去。

只是我必須順便帶布雷希洛德藩侯過去，所以沒辦法缺席。

「我也必須以護衛的身分同行，感覺好緊張……」

繼續抱怨下去也沒用，於是我們將照顧朏特烈的工作交給伊娜後就出門了。

這次只有我、艾爾和艾莉絲三個人。

途中還會順便去接布雷希洛德藩侯和布蘭塔克先生。

「嗨，伯爵大人。」

布雷希洛德藩侯和布蘭塔克先生今天都是穿正式的禮服。

魔法師平常可以直接穿長袍參加葬禮，但教會總主教的葬禮就不一樣了。

我和艾爾也換上了禮服，艾莉絲則是換上平常不會穿的黑色神官服。

艾莉絲難得穿這種絲質的衣服，但如果這時候稱讚她漂亮應該會被罵，所以我什麼也沒說。

「真是麻煩。」

「布蘭塔克，到了會場你可千萬不能再這麼說。」

「那當然。」

「我也覺得很麻煩啊。」

如果是國王的葬禮倒還能理解，為何連總主教的葬禮也得參加……但考慮到教會的影響力，確實也不能當作沒看見……大部分的貴族應該都是這麼想的。

「幸好有鮑麥斯特伯爵在，這樣就不用提早前往王都了。」

即使搭魔導飛行船，去王都也是要花上好幾天。

對平日忙著治理領地和應付附庸的布雷希洛德藩侯來說，應該會覺得交通時間很浪費吧。

「若是英年早逝倒還值得同情，但總主教……最後活到幾歲啊？布蘭塔克。」

「我記得是八十幾歲。」

「最近幾屆總主教都是一直當到死呢。」

「可以自己辭職嗎？」

「嗯，只要本人有那個意願。」

這麼說來，坎普費爾特樞機主教曾說過只願意當五年的總主教。

「畢竟是非常辛苦的工作，以前當幾年就乾脆卸任的人還不少。都一把年紀了還那麼執著於地位，真讓人覺得討厭。」

難怪大家對教會人士的評價都有點微妙。

「聽說霍恩海姆樞機主教不打算參選……這樣就無法確定下一任總主教會由誰當選了。鮑麥斯特伯爵有聽到什麼消息嗎？」

「有喔。」

霍恩海姆樞機主教將支持坎普費爾特樞機主教。

因為有說過可以講，所以我向布雷希洛德藩侯說明了情況。

「原來如此，霍恩海姆樞機主教果然不容小看。」

「他打算成為第一任女性總主教背後的推手嗎？」

「雖然應該會有許多人這麼想，但這並不是重點。」

若自己當上總主教，可能會因為權力太大而被周圍的人警戒。

所以才要先轉為支持坎普費爾特樞機主教。

坎普費爾特樞機主教的勢力並不像霍恩海姆樞機主教那麼穩固，如果想順利執行總主教的工作，就必須仰賴霍恩海姆樞機主教的協助。

坎普費爾特樞機主教原本就沒打算做太久，所以不會有意見，等她的任期結束，就輪到霍恩海姆樞機主教的心腹，目前才五十幾歲還很年輕的波札爾當總主教。

雖然霍恩海姆樞機主教本人無法成為總主教，但能夠連續對兩任總主教發揮極大的影響力。主要的相關人士，都會認為他才是教會背後的掌權者吧。

「只要有人能好好統率教會，我就沒什麼怨言。反正我也沒投票權。」

在總主教選舉中，名譽祭司並沒有投票權。

這是因為若承認他們有投票權，會讓貴族和王家對教會的影響力變得太強。

「艾莉絲小姐有投票權吧？」

「是的。」

艾莉絲是祭司，所以在這場選舉中也有投票權。

她不知不覺就從助祭司升為祭司了。

「選舉的事情也不容易呢……時間差不多了。」

因為葬禮快開始了，我們用「瞬間移動」飛到王都。

教會總部前面有個弔唁用的空間，我們將花和奠儀交給在那裡幫忙的神官。

「（威爾，你包得真大包。）」

「（艾爾，小聲一點──！）」

我連忙摀住艾爾的嘴巴。

「（該不會光靠奠儀就回本了。）」

「（確實會有剩喔。）」

「（咦？真的嗎？）」

艾爾從布雷希洛德藩侯那裡得知事實後大吃一驚。

「即使葬禮辦完後還有剩錢，也會用來打造已逝總主教的銅像，或是製作名言錄販賣……因為這邊的售價接近免費，所以一定會虧錢。另外還要打造和設置紀念碑設置，在新的教會裝花窗玻璃，最後應該會是打平吧。」
總主教的去世，同時也是為工匠和工坊提供案源的一種經濟政策。
「鮑麥斯特伯爵，差不多該進去了吧？」
「說得也是。」
能進入設在總部聖堂內的葬禮會場的人並不多，大部分是教會幹部、王族和大貴族，以及與他們同行的家人。
雖然我也能進去，但這也不是什麼好事。
「（奠儀真花錢……）」
進入聖堂的人都必須包奠儀，而伯爵的行情是十萬分。
換算成日圓就是一千萬……羅德里希還說這個金額是一般行情。
布雷希洛德藩侯則是包了二十萬分。
大商人的行情通常也不低，有些講話比較難聽的人，甚至認為教會是為了靠葬禮賺錢才會讓總主教一直當到去世為止。
葬禮準時開始，包含霍恩海姆樞機主教在內的所有樞機主教都要演講，內容既無聊又讓人想睡。
這時候睡著會很難看，害我忍得非常辛苦。
「……唔！」
「（艾爾，不准睡！）」

艾爾馬上就開始打瞌睡，我連忙用肘擊把他喚醒。
「（好睏……我只是個護衛，可以在聖堂外面等吧！）」
「（我才不讓你一個人逃。）」
「（太過分了！）」
漫長的演講結束後，大家依序對總主教的棺材獻花。
棺材裡還放了他生前用過的物品和喜歡的食物，讓人聯想到日本的葬禮。
「（都這麼老的人了，居然還喜歡餅乾……）」
雖然艾爾這麼說，但神官沒辦法在別人面前大口喝酒吃肉。
遺族們當然也不能在棺木裡放這些東西，所以保險起見只能放點心。
「（我倒是希望人們在我的棺材裡放酒。）」
「（我就知道布蘭塔克先生會這麼說……）」
「（聖職者真辛苦，死後還要在意別人的眼光。）」
棺材在葬禮結束後被搬到聖堂外面，直接運往火葬場。
為了避免遺體變成不死族，王都近年鼓勵火葬。
雖然鄉下還有許多地方是土葬，但王都與其周邊地區都逐漸採用火葬。
「（我還以為總主教會土葬。）」
「（由於很久以前有位總主教在去世後變成殭屍，這樣子會嚴重影響教會的名聲，所以之後都是採用火葬。）」

「（你怎麼知道這件事。）」

「（因為燒掉那個殭屍的人就是我。）」

看來布蘭塔克先生以前也接過不少機密任務。

「（不過就算燒掉也可能變成骷髏型的不死族吧。）」

「（所以會用高溫的魔法進行火葬。）」

「（喔，是由誰執行……導師？）」

居然是由導師替總主教的棺材進行火葬。

「（沒問題嗎？）」

不如說這明明是總主教的葬禮，未免也太不會挑人了吧……

「看我的必殺絕技！Burst Rising！」

「……」

「為什麼要加必殺啊？」

如果只是要火葬，應該不需要大喊招式名稱吧……

「而且感覺火力有點太強了……」

既然是火葬，至少也要留點骨灰吧……

我的擔憂立即應驗，儘管火葬很快就結束，但最後根本沒剩多少骨灰，害年輕的神官們必須拚命尋找僅存的少數骨灰。

儘管結果慘不忍睹，但參加者們都不能笑，總主教的葬禮就這樣以奇妙的方式告終。

＊　＊　＊

「導師，你做得太過火了。」

「說什麼必殺，總主教明明早就死了。」

「鮑麥斯特伯爵，你這樣講也不太好……」

葬禮結束後，我們和導師一起去附近的咖啡廳喝茶。

仔細一看，店裡還有許多其他的葬禮參加者。

「導師真厲害，居然敢在那種場合大喊『必殺絕技』。」

「誰教他們只因為在下是王宮首席魔導師，就把這種工作丟給在下！」

原來那是在報復啊……真虧他敢對教會做出這種事。

「既然葬禮已經結束，接下來就是總主教選舉了。」

「是用選舉決定人選啊。」

「以前好像是高層私下決定。」

但平民出身的信徒對此感到十分不滿，所以最後才變成用選舉決定。

「改成選舉制後，才總算讓當上總主教的貴族與平民比例各半。」

但平民出身的總主教通常家裡很有錢，所以也有人認為實際情況並未改變，但信徒們還是覺得至少比以前好。

「祭司以上的階級才有投票權，而那些人有七成都是平民出身，可以說能否選上總主教全看如何獲得他們的支持。雖然我沒有投票權啦。」

即使花大錢當上名譽祭司，貴族和大商人也沒有投票權。

這表示我也沒有。

「導師也沒有投票權嗎？」

「不，在下有！因為在下是王宮首席魔導師。」

是特別待遇啊……

居然給這麼不虔誠的人特別待遇……難道就不能把這個機會讓給名譽祭司嗎？

「你打算投給誰？」

「在下連候選人是哪些人都不知道。」

「導師，這種話別說得這麼得意啦……」

布蘭塔克先生提醒導師注意自己的身分。

「這世界上還有更多值得關注的事情！在下會去問艾莉絲，然後隨便投一投。」

導師，再怎麼說都不能隨便投吧。

「如果當天只有在下和艾莉絲去投票未免太寂寞了，鮑麥斯特伯爵，你也一起去吧！」

「（為什麼啊——————！）」

我沒有勇氣拒絕，所以只好無奈地陪他們去投票。

＊　＊　＊

「今天就是投票日嗎？準備得也太快了……」

「親愛的，不是這樣。今天是報名參選的期限，同時也會讓候選人們自報名號。」

總主教的葬禮才過三天，我和艾莉絲就再次前往教會總部。

今天總主教選舉的候選人們，好像要向沉睡在總部中庭的始祖報上名號。

「大家要向始祖大人宣告自己將參選總主教。」

「導師不會來吧……」

「是的……」

導師早上用魔導行動通訊機聯絡我，要我幫他跟艾莉絲要候選人名單。

感覺他最後會直接投給艾莉絲支持的候選人。

不如說教會為何要給導師投票權？

「這表示艾莉絲實質上握有兩票。」
「兩票的影響力也不大……」
考慮到有三千多人擁有投票權，兩票確實是不算什麼。
「我們已經從霍恩海姆樞機主教那裡聽說坎普費爾特樞機主教會參選了，問題是其他候選人。」
「既然爺爺沒有參選而是推薦了艾米莉大人，那幾乎可以確定將由她當選。」
隸屬於霍恩海姆樞機主教派系的人馬，幾乎全都會投票給坎普費爾特樞機主教吧。
「我也打算投票給艾米莉大人。她一直都非常熱心地參與志工活動。」
坎普費爾特樞機主教是一個大商會的實質領導者，但也是教會裡最熱心公益的人。
她不僅為孤兒提供教育，還會幫他們在自己的商會裡找工作。
許多坎普費爾特商會的員工都是這樣來的。
雖然這一切都是為了賺錢，但實際上也救了很多人，這讓坎普費爾特樞機主教廣受平民的歡迎。
順帶一提，霍恩海姆樞機主教則是不怎麼受歡迎，畢竟就連陛下都把他當成妖怪看待。
「想參選的人比預期的還要多，爺爺也忙著在擬定對策。」
許多支持率不高的人也跟著參選分散票源，讓霍恩海姆樞機主教與其派系支持的坎普費爾特樞機主教面臨難題。
霍恩海姆樞機主教手中握有最大的派系，他支持的人應該不可能落選……
「即使知道沒有希望當選，還是會有許多人參選。」

「為了炫耀自己的實力？」

「沒錯。」

就算候選人最後只獲得兩成的選票落選，也能證明他握有兩成的勢力。

這樣當選的新總主教也無法隨便忽視這個敵對派系。

「如果新的總主教得票數太少，會被認為缺乏領導力。」

和帝國的皇帝選舉不同，總主教選舉無法多次從全國各地收集選票。

所以總主教選舉並沒有得票數未過半就得重選的規定，說起來，過去也有人只得了三成的票就當選了。

不過那樣的候選人通常沒什麼實力，所以霍恩海姆樞機主教正積極替坎普費爾特樞機主教進行拉票。

「有四位候選人啊……」

除了坎普費爾特樞機主教以外，還有蘭吉爾、布歐爾和索爾加等三位樞機主教參選。

蘭吉爾樞機主教今年七十五歲，是王族的旁系。

他長年負責教會的建築事務，所以和負責建築教會的商會，以及替教會製作裝飾品與花窗玻璃的工坊關係良好。

套用日本的說法，就是建設集團的代表……

布歐爾樞機主教今年七十三歲，他也是貴族出身。
他長年負責印刷聖書等書籍，同時也負責販賣。
所以他與校對、印刷和製作書籍的工坊與書店關係良好，是文教集團的代表。
索爾加樞機主教是聖堂騎士團的領導者，看起來不太像神官。
連神官服都被肌肉繃得緊緊的。
他是平民出身，今年六十八歲，是最年輕的候選人。
不過也只有教會這種組織會認為六十八歲的人還算年輕。
他和負責聖堂騎士團裝備的工坊關係良好，算是防衛集團的代表。
「（感覺好像是在選某個政黨的黨魁……）」
明明是透過選舉這種民主手段來選出總主教，卻莫名讓人覺得庸俗……
聽完候選人們宣告參選後，我和艾莉絲立即前往霍恩海姆子爵家。
值得慶賀的是，我們今天被邀請參加派對。
有免費的大餐能吃真是太好了……才怪！
這場派對的主辦人是坎普費爾特樞機主教，霍恩海姆樞機主教則是共同主辦人，光是這樣就讓人覺得非常可疑。
雖然是付費參加，但只需要繳十分。

而且收來的錢還預定全數捐出去蓋孤兒院。

……簡直就是政治人物的派對。

「不好意思，只有這場活動要麻煩你露個臉。」

「唉……」

雖然我沒有投票權，但我是霍恩海姆樞機主教的孫女婿，出席這種派對有其意義。

「幸會，我是鮑麥斯特伯爵。」

「我是他的妻子艾莉絲。」

我和艾莉絲接連向與霍恩海姆樞機主教有關的參加者們打招呼。

雖然麻煩，但這也是為了腓特烈的將來。

孩子們啊，爸爸和媽媽正在一起努力喔。

「居然獲得了霍恩海姆樞機主教、鮑麥斯特伯爵和聖女大人的支持……看來坎普費爾特樞機主教是勝券在握了？」

「剩下只看能從其他三個候選人那裡搶到多少票了。」

派對的參加者們頻繁地進進出出。

其實其他候選人也有舉辦類似的派對，所以許多人都會同時參加多場派對。

「艾米莉，這場面真是盛大呢。」

「因為我有很強的後盾。」

我和霍恩海姆樞機主教一起去跟坎普費爾特樞機主教打招呼，她的周圍有許多女神官。我本來以為有投票權的人都是年邁的祭司……沒想到也有許多年紀和我們差不多的少女。

「鮑麥斯特伯爵，她們都長得很可愛吧？」

「喂，艾米莉。」

霍恩海姆樞機主教立刻開口牽制坎普費爾特樞機主教。

因為她看起來像是要把我和這些年輕女孩送作堆。

「你誤會了。是因為你平常把鮑麥斯特伯爵防守得非常嚴密，所以有很多女孩都想親眼見他一面。這些女孩的父母也是我的支持者。」

「妳這個人啊……」

霍恩海姆樞機主教完全無法反駁這個說法……看來坎普費爾特樞機主教也不是個簡單的人物。

「幸會，我是莉法．坎普費爾特。」

而且坎普費爾特樞機主教還若無其事地安插了幾個孫女在裡面。

像坎普費爾特商會這種大商會，通常會派幾名子弟到教會幫忙，所以這也沒什麼好奇怪的。

「戴姆明大道新開了一間點心店呢。」

「喔，是賣什麼樣的點心啊？」

「那是一間專賣脆皮奶酥蛋糕的店，而且裡面包的水果都是來自鮑麥斯特伯爵領地。因為味道和其他競爭對手完全不同，所以廣受好評呢。」

「我都不知道還有這間店。」

我不太擅長和年齡相近的女孩聊天，幸好話題的內容都是王都新開的點心店或餐廳。女孩子都喜歡到處吃，而她們在不用來教會幫忙時也都是普通的女孩子，所以對這方面的話題非常熟悉。

除此之外，她們應該也有事先打探好我的興趣……

「下次要不要找時間一起去？」

「我最近很忙，之後有機會再說吧。」

我只把這當成社交辭令回應。

反正替我管理行程的羅德里希一定會幫我婉拒。

「辛苦你了，孫女婿。拜你所賜，坎普費爾特樞機主教一定會獲得壓倒性的勝利。唉，老夫這個青梅竹馬還是一樣不好對付……」

儘管私底下是交情很好的青梅竹馬，但兩人在教會內仍是競爭對手。

從她一逮到機會就立刻介紹女性給我認識來看，這兩個人或許意外地登對。

「親愛的，差不多該回去了吧？」

「說得也是。」

艾莉絲在這場派對中也稱職地扮演我的正妻。

就連坎普費爾特樞機主教帶了一堆女孩子來的時候，她表面上也裝得不動聲色。

但就連不懂女性的我也能看得出來，她果然還是不喜歡這樣。

於是我決定在回家前，先帶她去王都約會。

第五話　坎蒂先生的事情都是真的！

生小孩和育兒都很辛苦，所以我決定帶艾莉絲去購物順便約會。
艾莉絲平常都很認真，偶爾也要讓她放鬆一下。
「聽說這間店是布蘭塔克先生認識的人開的。」
「既然是布蘭塔克先生認識的人，那是冒險者嗎？」
「好像是前冒險者。」
因為是陪女性購物，所以我找了一間適合女性的服飾店。
聽布蘭塔克先生說這間店最近才剛開幕，而且風評不錯。
我本來以為服飾店的老闆應該是女性，結果似乎是個男性。
對洋裝有興趣的男冒險者聽起來有點奇怪，但在店裡見過老闆後我就明白了。
「哎呀，歡迎光臨。你是布蘭塔克的弟子，屠龍英雄鮑麥斯特伯爵大人吧。嗯──真是個年輕的好男人。」
「你好……」
「……」

他就是所謂認為自己是女性的男性。
外表看起來和布蘭塔克先生差不多年紀。
明明是男性，他不僅化妝，還穿著花邊絲質襯衫，高大又魁梧的身材也完全不像女性。
「鮑麥斯特伯爵大人，請直接稱呼人家為坎蒂吧。」
「好的……坎蒂先生……」
「……」
年過五十的肌肉女裝男散發的魄力實在太強，讓我只能勉強擠出這句話。
前世的經驗讓我對這種事多少有點抵抗力，但從小就是貴族千金的艾莉絲，已經被第一次看見的女裝男子嚇到說不出話了。
「別看人家這樣，內心可是個少女喔。」
少女啊……好久沒看見衝擊力足以和導師匹敵的人了。
如果吐槽「你怎麼看都不像少女！」，感覺會立刻被他用拳頭打死。
「你和布蘭塔克先生是舊識嗎？」
「是啊。布蘭塔克年輕時真的很帥。人家本來也對他有意思，但他都忙著和其他女生玩，最後只能和他成為朋友。他很擅長應付女生，人家只能被他玩弄於股掌之間。」
「……」
我身旁的艾莉絲幾乎已經整個人麻痺了。

同性戀對教會來說是禁忌，坎蒂先生本人的特色又過於強烈。
該如何與坎蒂先生交流這件事，已經超出她大腦的處理能力。
「你以前有和布蘭塔克先生一起冒險過嗎？」
「我們偶爾會一起組成臨時隊伍。」
即使是布蘭塔克先生，精神力也沒強到能一直和這個人組隊。
「坎蒂是當冒險者時的綽號嗎？」
「人家的本名是巴斯托，但這個名字不適合人家，坎蒂才是刻在靈魂上的名字。」
靈魂……如果只看外表，巴斯托這個名字倒是挺搭的。
「以前當冒險者時也都是用坎蒂這個名字，當時還被人稱作『染血坎蒂』呢。」
染血……我不認為這個大叔會受傷，大概是因為身上常沾滿魔物的血吧。
話說這個人明明沒有魔力，卻一點破綻也沒有，看來實力非同小可。
「（親愛的。）」
「（怎麼了？艾莉絲。）」
「（『染血坎蒂』，不就是舅舅在我生產前提過的『破曉黃昏』的隊長嗎？）」
「（……好像是這樣沒錯！）」
這個人和導師年輕時加入的冒險者隊伍的隊長同名。
應該不是碰巧同名……畢竟這種人不太可能有兩個，而且外號也一樣。

「（導師曾和這個人一起組隊啊……）」

不愧是導師，我開始佩服他堅強的心理素質。

「你們兩個怎麼了？哎呀，妳長得和妮娜好像。」

「您好像……也認識母親呢。」

「因為以前發生過不少事。」

嗯，這我和艾莉絲也知道。

某方面來說，布蘭塔克先生和導師交的朋友真的都很不得了。

「你們今天主要是來看衣服吧，晚點或許有機會聊一些往事。」

「哈哈哈，這樣啊。話說很少看見冒險者開服飾店呢。」

「人家從小就很擅長縫衣服，但因為家裡太窮，所以只好去當冒險者。」

當冒險者養活家人，等退休後才總算有機會開服飾店嗎？

真虧他能用這麼粗的手指縫製女性的洋裝呢。

「是夫人要買衣服吧。人家來幫妳挑件適合的。」

「麻煩你了。艾莉絲，就讓他幫妳選吧。」

「好的……」

畢竟坎蒂先生的外表是那個樣子，艾莉絲一開始還非常警戒他。

但實際讓他幫忙選衣服後，兩人的感情馬上就變好了。

坎蒂先生的外表確實有點古怪，但他少女般的言行深受女性歡迎。

「再過不久這個顏色就會開始流行，艾莉絲是金髮，所以最好避開不顯色的黃色系服裝，但相對地妳很適合穿胭脂色或鉛丹色的衣服。如果只穿藍色系或綠色系的衣服，能做的變化就會比較少。」

「只穿深色的衣服確實不太好。」

「沒錯，年輕女孩還是穿亮色系的衣服比較好。」

艾莉絲瞄了我一眼後，繼續和坎蒂先生對話。

是因為我剛才在派對上被一堆年輕女孩包圍，讓她感到不安了嗎？

「艾莉絲不僅長得漂亮身材也好，基本上不管穿什麼都很好看，但既然已經為人母，在教會工作以外的時間可以試著打扮得成熟一點。這樣老公也會重新愛上妳。」

「真的嗎？」

「艾莉絲原本就很美，要對自己再有自信一點。」

「說得也是。」

「沒錯，就是這樣。」

就像我的前世那樣，這個業界一直都有很多這種類型的人。

而且他們都很擅長抓住女性的心。

「再來像這種組合也不錯。」

我大致瀏覽了一下店內，發現坎蒂先生店裡有許多適合貴族千金的商品。
坎蒂先生店裡陳列的商品並不多，他好像只進自己中意的商品，不然就是自己縫製。
他會從女性……從店員的角度給客人穿搭的建議，向客人推薦適合的服裝。
這裡的茶水和點心也很美味，我覺得他是個很會做生意的人。
因為退休前是有名的冒險者，沒有金錢方面的壓力，所以也不會硬向客人推銷商品。
拜此之賜，他似乎已經有些固定的熟客。
「人家推薦這兩件。」
「那就都買吧。」
「謝謝您，親愛的。」
畢竟是鮑麥斯特伯爵和夫人一起出門購物，總不能讓妻子出錢，而且這是居家服所以不怎麼貴。
我直接把錢付給坎蒂先生。
「鮑麥斯特伯爵大人真是慷慨，如果其他夫人也想找人配衣服可以來這裡喔，歡迎再度光臨。」
雖然外表有點微妙，但坎蒂先生的內心真的是個少女……就在我這麼想時，外面突然傳來男性的怒吼聲。
「妳這臭女人！居然把本大爺的肩膀撞到脫臼了。快點付醫藥費和慰問金！」
「怎麼這樣……明明是你自己撞過來……」
「少廢話！沒看見我的肩膀脫臼了嗎？」

看來是有個流氓故意去撞年輕女性，然後藉機找碴。

這條街靠近下級貴族區，照理說很少會出現這種人。

大概是被自己的老大或組長討錢時拿不出來，才大老遠跑來這裡弄錢。

「親愛的。」

「真是的，居然做出這種有礙觀瞻的事情。」

如果由我出面，應該不必使用暴力就能嚇跑對方。

就在我抱著這樣的想法準備走出店面時，坎蒂先生比我早一步展開行動。

「鮑麥斯特伯爵大人，這裡就交給人家吧。」

坎蒂先生笑著對我眨了一下眼，坦白講看起來有點可怕。

他一走出店門，就立刻擋在那個被流氓纏住的女性面前。

「不行喔，怎麼可以這樣恐嚇女孩子。」

坎蒂先生笑著用溫柔的聲音勸流氓住手。

他看起來沒打算使用暴力，但流氓毫無退讓之意。

「你是誰啊？不男不女的傢伙少來插嘴！還是你也要付本大爺醫藥費和慰問金？」

「醫藥費？」

「沒錯！本大爺的肩膀脫臼了！必須快點去看醫生才行！」

流氓一開始被身材魁梧的坎蒂先生嚇了一跳，但在注意到他穿女裝後，就立刻開始瞧不起他。

我覺得以貌取人不太好……一般光是看到坎蒂先生魁梧的身材就該退縮了。

但流氓這樣可能會混不下去。

「你的肩膀看起來好好的……」

「你看仔細點！本大爺的肩膀明顯脫臼了吧！」

流氓堅持自己有脫臼，甚至還將右側肩膀湊向坎蒂先生。

「是嗎？」

坎蒂先生立刻摸起對方的肩膀開始確認。

「沒有脫臼呢。」

「你眼睛瞎啦！」

「我以前是冒險者，很清楚脫臼長什麼樣子，你的肩膀並沒有脫臼。所以這位小姐，妳可以回家了。」

「謝謝你。」

被流氓纏上的小姐向替自己解圍的坎蒂先生道謝，然後就離開了。

「你這傢伙！居然擅自放她走！」

「因為你的肩膀沒事啊。」

坎蒂先生扭捏著身子反駁，但這個動作果然不怎麼適合他。

他明明是在做好事，這樣想讓我覺得有些愧疚。

「就說我的肩膀脫臼了！」

「真煩人。脫臼是這個樣子才對。」

那個糾纏不休的流氓終於惹惱了坎蒂先生。

坎蒂先生瞬間就卸下了流氓兩側肩膀的關節。

可見他以前果然是個厲害的冒險者。

流氓的肩膀脫臼後，雙手就無力地下垂。

「我的手不能動了！」

看見雙手變得動彈不得，流氓當場發出慘叫。

「肩膀脫臼後，手臂自然會動不了。」

「你這傢伙！快幫我接回去。」

「好啊，接回去了。」

坎蒂先生接受流氓的要求，瞬間就讓他的肩膀恢復原狀。

雖然從坎蒂先生魁梧的身材難以想像，但他其實是個技巧派的冒險者。

「你竟敢動我的肩膀？混帳！我要把你的店砸爛！」

計畫失敗的流氓，終於說出不該說的話。

聽見有人要破壞自己靠當冒險者存的錢辛苦開設的店，坎蒂先生當然會動怒。

他沒有任何預備動作，瞬間就掐住流氓的脖子將其高高舉起。

「混帳東西！要是敢對老子的店出手，小心老子把你所屬的組織成員全部幹掉！」
「對噗起……」
雖然坎蒂先生在對方窒息前就鬆開了手，但那個流氓似乎已經被突然翻臉的坎蒂先生嚇到有心靈創傷，好好一個大男人，居然開始認真哭了起來。
我和艾莉絲也被突然翻臉的坎蒂先生嚇了一跳。
「別再讓我在這附近看見你！」
「非、非常抱歉——！」
流氓一溜煙地轉身逃跑，坎蒂先生確認對方離開後，又恢復笑臉看向我和艾莉絲。
「討厭啦，人家真是的。稍微表現得有點粗野了。」
「「……」」
我和艾莉絲陷入沉默，但我們心裡想的事情都一樣。
那就是以後絕對不能惹坎蒂先生生氣。

＊　＊　＊

「坎蒂那傢伙真是一點都沒變呢。」

買完艾莉絲的衣服用「瞬間移動」回到家後，布蘭塔克先生以布雷希洛德藩侯使者的身分來訪。

我們一告訴他坎蒂先生的事情，他就露出理解的表情。

「畢竟他對女性很溫柔。」

「是啊。」

從他那裡獲得許多穿搭建議的艾莉絲，對布蘭塔克先生的發言表示贊同。

「他從冒險者時期就是如此。女性當冒險者有許多不方便，而坎蒂都會特別照顧她們。他的裁縫技術不輸專家，待客也很有禮貌，就連廚藝都很好。如果他是女人，或許我也會想和他結婚。」

我也贊同布蘭塔克先生的意見。

雖然外表在各方面都很誇張，但他內在真的是個少女，又是個好人。

只是後來發現如果惹他生氣會很不妙。

「以坎蒂的實力，不用一秒就能解決掉那一帶的流氓。除了魔法師以外，應該沒人比他強吧。」

坎蒂先生不僅是個超一流的成功冒險者，退休後也將服飾店經營得很好。

他唯一的遺憾，就只有身體的性別是男性吧。

「艾莉絲，妳今天穿的衣服感覺跟平常不太一樣。」

「是坎蒂先生幫我選的。」

「喔，那個人的品味不錯呢。」

露易絲發現艾莉絲今天難得穿紅色系的衣服，開口稱讚她。

仔細一看，那套衣服確實給人一種成熟女性的感覺。

「威爾，之後有空也帶我去那間店吧。」

「為什麼要等之後？」

「因為有個人比我更需要別人幫忙推薦衣服……」

露易絲看向卡琪雅，她正在吃我和艾莉絲買回來當土產的餅乾。

「我怎麼了嗎？」

「卡琪雅，妳實在太不注重穿著打扮了。」

「衣服這種東西，只要別太難看就行了吧。」

儘管程度不一，但一流的女冒險者通常都不注重穿著打扮，其實我前世也是如此。

坦白講，就算叫我打扮得時髦一點，我也不曉得該穿什麼。

我大部分的時間是穿西裝，便服都是〇NIQLO或〇印良品。

「如果不稍微學一下怎麼穿著打扮，會害威爾大人丟臉。」

「薇爾瑪又是如何？」

「我會自己穿搭喔。」

薇爾瑪在成為我的妻子後，有好好接受艾莉絲和泰蕾絲的指導，她在家裡穿的衣服都很得體，挑選衣服和穿搭的功力也不差。

她是我們當中最會適應環境的人，即使被傳送到現代日本應該也能馬上習慣吧。

「薇爾瑪的穿著一直都沒什麼問題呢。我有時候也會只看機能性挑衣服，但還是沒卡琪雅那麼誇張。」

「嗚嗚……都沒有人站在我這邊……」

伊娜也跟著附和，讓卡琪雅退縮了一下。

「大姊頭……後來也讓泰蕾絲和亞美莉指導過了……」

莉莎如果不打扮得誇張一點就無法和男性對話，所以幾乎沒有正常的便服，但在接受了泰蕾絲和亞美莉大嫂的指導後，也開始會穿普通的服裝了。

她現在就連以魔法師的身分工作時，都不會再打扮得像以前那樣。

「卡琪雅，等艾莉絲去投票時，妳就跟著一起去順便讓人幫妳挑選衣服吧。」

「真是個好主意。」

「妳沒有權利拒絕喔。」

「我知道了啦……」

在泰蕾絲、亞美莉大嫂和莉莎的說服下，之後將輪到卡琪雅去坎蒂先生的店。

＊　＊　＊

「老公，這裡是教會總部吧。」

「我們要先等艾莉絲投完票。」

今天是總主教選舉的投票日。

階級在祭司以上的教會人員，將在今天投下不曉得算不算清廉的一票，不過今天只有住在王都和周邊地區的人要投票，其他地區的選票則是都已經事先收集好了。

大部分的人都是遵從自己所屬派系的決定，跟日本的選舉一樣，即使是採民主式表決，選項其實也不多。

雖然沒什麼好驕傲的，但我從來沒去投票過。

因為我不想浪費寶貴的假日。

「鮑麥斯特伯爵，艾莉絲，今天這個日子真適合狩獵呢。」

導師在教會總部的入口與我們會合，他看起來對投票一點興趣也沒有。

就連表情都顯得很不甘願。

「艾莉絲打算投給誰？」

「呃，我打算投給……」

「明白了！那就快點去投票，然後去打獵吧！」

導師一聽見艾莉絲講出的候選人姓名，就立刻衝去投票處。

「那麼，再見了！」

導師快速投完票，然後就用「高速飛翔」飛到王都郊外。
他從頭到尾只花不到五分鐘的時間，看來是真的覺得選舉很麻煩。
「艾莉絲。」
「是的，我們也快點去投票吧。」
雖然來去就像一陣風的導師讓我們傻眼了一下，但我們馬上重振精神進入教會總部投票。
「你好，鮑麥斯特伯爵。」
「咦？盧克納財務卿有投票權嗎？」
不知為何，沒有神官身分的盧克納財務卿在投票處前面向我們搭話。
「雖然我沒有投票權，但蘭吉爾樞機主教的父親以前對我有恩……」
他似乎是被恩人請求來這裡幫忙。
明明是財務卿卻還得來幫忙造勢，真是辛苦他了。
「應該沒辦法拜託鮑麥斯特伯爵投給他吧……」
「在那之前，我根本就沒有投票權。」
我只是陪艾莉絲一起來而已。
「艾莉絲應該會投給自己認為最適合的人，我真的只是陪同。」
「說得也是。反正我本來就不能拜託你。順帶一提，我今天休假。」
「喔……（為什麼要特地跟我說這個？）」

之後盧克納財務卿又發現新的投票者，並過去幫蘭吉爾樞機主教拉票。

「喲！這不是鮑麥斯特伯爵嗎？」

和盧克納財務卿道別後，我們換遇見艾德格軍務卿。

他似乎也有支持的候選人。

話說現任閣僚跑來這裡幫忙造勢沒關係嗎？

「難得的假日，結果居然要用在幫忙造勢上。」

「你是來幫索爾加樞機主教嗎？」

「我以前在王國軍時曾經受過他的關照……再來就是因為聖堂騎士團與王國軍的關係。」

軍隊和聖堂騎士團是不同的組織，但有不少人從王國軍退役後就加入了聖堂騎士團。

為了獲得與軍事有關的情報……以及武器、裝備、戰術和軍政方面的新知識，聖堂騎士團甚至會將未來可能成為幹部的人送進王國軍。

除此之外，聖堂騎士團有時候也會短期僱用從軍隊退役的老軍官。

既然雙方平常有人才交流，艾德格軍務卿自然也得賣他們面子。

但如果以軍務卿的身分幫忙拉票會產生問題，所以他才刻意強調自己今天休假。

「就算你拜託我，我也沒有投票權喔。」

而且艾莉絲應該也不會投給索爾加樞機主教。

「不如說如果你們投給索爾加樞機主教才會造成問題。」

「你也太不認真幫忙拉票了吧。」

我本來以為艾德格軍務卿會更認真地向我們拉票。

「有投票權的人是鮑麥斯特伯爵的夫人，而她是霍恩海姆樞機主教的孫女，我知道她不可能投給索爾加樞機主教。」

所以如果硬向她拉票，反而會造成問題。

盧克納財務卿也是基於相同的理由才沒向我們拉票吧。

「反正索爾加樞機主教也選不上，問題只在於他能拿多少票。索爾加樞機主教是個聰明人，他應該早就算好大概的得票數了。」

索爾加樞機主教似乎已經確定能拿到預期的票數，這樣他就能繼續以聖堂騎士團領導者的身分發揮一定的影響力。

蘭吉爾樞機主教和布歐爾樞機主教也一樣，他們從一開始就沒打算當選。

打從霍恩海姆樞機主教支持坎普費爾特樞機主教的時間點開始，這就是必然的結果。

「我們也一樣，只是作為貴族和虔誠的教徒，不得不協助有交情的樞機主教而已。如果不來幫忙，之後會很麻煩。」

這就是所謂的人情義理，他們必須用這種方式表示自己有來幫忙過。

企業工會的選舉造勢也是類似的情況。

我前世也曾被拜託投票給不認識的大叔，或是參加登記參選後的造勢集會，明明光是本業的部分就已經夠忙了。

明明是珍貴的假日，盧克納財務卿和艾德格軍務卿也真是夠辛苦了。

「我們差不多該走了。」

「說得也是。我還要在這裡再待一會兒。」

我們走進放置投票箱的總聖堂裡後，發現坎普費爾特樞機主教正在投票給自己。

她還帶著一大票從年長者到年輕人都有的女神官，接受她們的熱情聲援。

坎普費爾特樞機主教的選舉口號，是要成為史上第一位女性總主教。

在支持者們的面前投票，是典型的政治表演，我前世也有看過這種人。

「哎呀，艾莉絲也來投票嗎？」

「是的。」

「懇請妳惠賜清廉的一票。」

坎普費爾特樞機主教果然不是個簡單人物。

她明知道艾莉絲會投給自己，卻還能說出這種話。

「等投完票後，要不要一起喝杯茶？」

「您接下來不會很忙嗎？」

「我已經投完票，該做的事情都做完了。」

「那就恭敬不如從命了。」

我們本來打算接下來要帶卡琪雅去坎蒂先生的店，但看來要稍微改變一下預定了。
畢竟直接拒絕也很失禮……但會這麼想的我或許還是太天真了。
坎普費爾特樞機主教帶我們前往一個位於總聖堂內的寬廣房間，那裡看起來像個會議室。
她原本似乎把這裡當成競選辦公室，但大部分的工作都已經結束，桌上放了許多點心和茶具。
然後……
「天啊，這裡好多年輕的女孩子，真是太棒了。」
「艾爾，我要跟你老婆告狀喔。」
「威爾……你才要小心自己有兩個老婆在這裡。」
艾爾一發現房間裡有許多年輕女孩，就開始露出色瞇瞇的表情。
因為她們都長得很漂亮，所以我也不是不能體會他的心情。
幫坎普費爾特樞機主教造勢的年輕女神官們都穿著神官服，但許多人看起來一點都不像神官。
她們平常大概只會不定期地來當志工吧。
「有許多女孩想見鮑麥斯特伯爵大人，可以稍微耽誤你一點時間嗎？」
「喔……」
坎普費爾特樞機主教果然是個不簡單的人。
她想必是以我為誘餌，拜託這些女孩的父母提供選票和資金方面的協助吧。
雖然礙於霍恩海姆樞機主教的情面，她不能逼我娶這些女孩為妻，但如果我在見面後看上了某人，她也不需要為此負責。
「請坐。」
這場茶會的主角，似乎是我這個沒有投票權的人。
我被迫坐在正中央的位子，被一群穿著神官服的年輕女孩包圍。
這感覺就像是上酒店點了一群小姐坐檯一樣。
教會型酒店……這樣想好像有點過分？
「鮑麥斯特伯爵大人，我叫瑪格麗特．坦澤勒。我家是專門販賣食材的坦澤勒商會。」
「我叫芙瑞達．馮．羅許，是羅許騎士爵家的女兒。」
那些女孩一一開始自我介紹，但我根本記不住這麼多人。
她們都是以老家的支援為代價留在坎普費爾特樞機主教身邊的人，所以大多是下級貴族或商會的千金。
「艾爾文先生，聽說你是鮑麥斯特伯爵家數一數二的重臣？」
「哎呀，才沒有這種事……」
看來連艾爾也是她們的目標。
他正開心地被眾多年輕女孩包圍，要是之後被遙知道，或許會被用刀砍死。
「請再喝一杯茶吧。」
「鮑麥斯特伯爵大人，這個餅乾是我家最受歡迎的商品。」

許多年輕女孩接連替我們倒茶，先不管早已淪陷的艾爾，就連我都慢慢覺得開心起來了。

這明顯是坎普費爾特樞機主教的陷阱，但現實是我們很難抵擋這股誘惑。

只是跟漂亮女孩一起喝茶聊天，應該不算外遇吧……？

「鮑麥斯特伯爵大人，這個餡餅很好吃喔。我來餵你。」

「這樣實在不太好……」

「不用跟我客氣啦。」

「那就……」

就在我受到周圍氣氛的影響開始放鬆戒備時，突然感覺到兩股充滿殺氣的視線。

我連忙看向視線的來源，發現艾莉絲和卡琪雅正一起笑著喝茶。

雖然兩人臉上都帶著笑容，但那表情讓我覺得非常恐怖。

「呃……我又不是小孩子了……這個餡餅真好吃……野莓的酸味讓味道變得更有層次。」

「艾爾文大人，之後有空請來我家玩。」

「我平常忙著當護衛，所以有空再說吧。」

「還請您務必光臨。」

多虧了艾莉絲和卡琪雅，我才沒有繼續失態下去，但艾爾在被眾多可愛女孩包圍後，已經失去理性。

他甚至還和幾個女孩子交換了聯絡方式。

完全中了坎普費爾特樞機主教的計……

一想到他回家後會怎麼被遙她們處置，就讓我期待到能夠專心享用茶和點心。

＊　＊　＊

「那個老婆婆也做得太露骨了，老公也一臉色瞇瞇的樣子。」

「真是失禮，我從頭到尾都很冷靜。」

「是這樣嗎？我看你好像裝出一臉無奈的樣子，玩得非常開心呢。」

我不否認這段過程就像前世被人招待上酒店一樣開心，但是我可沒像艾爾那樣，露出色瞇瞇的表情。

「既然是為了爭取支持者才讓您和那些女孩見面，那我們也不好拒絕。畢竟爺爺已經答應會支援坎普費爾特樞機主教了。」

在坎普費爾特樞機主教的陷阱下，那場開心的茶會持續了約兩個小時。

我沒有輸給誘惑。

因為我沒有像艾爾那樣和女孩子交換聯絡方式。

「我是為了當威爾的盾牌，才刻意裝出色瞇瞇的樣子和她們交換聯絡方式，將她們的期待都吸引到自己身上。這是我的策略。」

「聽起來有夠假！」

卡琪雅立刻否定了艾爾的藉口。

我也覺得他一定是順從自己的本能度過了一段快樂的時光。

「那艾爾文先生之後應該不會活用那些要到的聯絡資訊吧？」

「這個……我還要再和羅德里希先生商量。畢竟有很多人是商會千金，或許在交易上能為鮑麥斯特伯爵家帶來利益……」

即使面對艾莉絲冰冷的質問，艾爾仍堅稱那些聯絡資訊有用。

看來在累積了各種經驗後，他愈來愈會想藉口了。

「我知道了，那就這樣跟遙小姐報告吧。」

「什麼！」

但果然還是艾莉絲技高一籌。

「你要好好把那些聯絡資訊交給羅德里希先生喔。」

「嗚嗚……」

就在艾莉絲的叮嚀讓艾爾沮喪地垂下肩膀時，我們正好抵達了坎蒂先生的店。

「老公，去其他店也沒關係吧……」

「咦？為什麼？」

「卡琪雅小姐，坎蒂先生的店有很多不錯的商品喔。」

我和艾莉絲都無法理解為什麼卡琪雅不想進去，但原因馬上就揭曉了。

「哎呀，這不是卡琪雅嗎？」

「他果然還記得我——！」

「這不是當然的嗎？畢竟卡琪雅是個美人胚子。」

「你們認識嗎？」

「是啊。」

坎蒂先生表示他曾在卡琪雅剛開始當冒險者時見過她。

「卡琪雅明明長得很可愛，卻對洋裝一點興趣也沒有，所以人家曾經提醒過她。」

「如果是跟冒險者有關的建議倒還能接受，但衣服怎樣都好吧。我又沒打扮得很奇怪。」

唉，卡琪雅真的跟我很像。

我們都覺得只要冒險用的裝備齊全，便服只要別太難看就好。

坎蒂先生覺得這樣太浪費卡琪雅的天生麗質，所以提醒了她。

還是新人的卡琪雅在被知名冒險者提醒衣服要穿可愛一點時，應該也很困惑吧。

「就是因為這種女孩子太多，人家才會開服飾店。」

「你作為冒險者的實力一點都沒衰退吧！繼續當冒險者啦！少了你，對業界來說是一大損失耶！」

卡琪雅認為坎蒂先生退休，對冒險者業界來說是很大的損失。

看來他果然是個厲害的人。

「咦——可是現在的工作比較符合人家的個性。人家不想繼續當粗野的冒險者。」

這點只要看他之前是如何對付流氓就一目了然。

畢竟他的實力強到被人稱作「染血坎蒂」。

看外表就知道，坎蒂先生是個活用自己的力量擔任前衛的戰士，而且他的速度也不慢，可以說是魔物的天敵。

「……」

雖然外號包含了染血兩字，但這並不表示他容易受傷，而是他身上常沾滿魔物的血。

「怎麼了？艾爾，你怎麼突然安靜下來。」

「（這個大叔到底是怎麼回事？）」

我能理解艾爾的心情，如果是第一次遇見坎蒂先生，一定會不知所措。

「哎呀，這孩子真健壯，是人家喜歡的類型。感覺他長大後會變得像布蘭塔克那樣。」

「我嗎？」

艾爾之前也曾被鬼屋的老婆婆幽靈看上，他真的很容易吸引怪人。

「我也會做給男性穿的西裝喔，要不要試穿看看。」

「不用了……我今天是來當護衛的……」

「哎呀，我也喜歡這種含蓄的人。」

「就說我正在……」

「我來幫你試穿。」

「工作唔哇——！」

坎蒂硬將艾爾拉進店內，看來艾爾不論力氣還是身為冒險者的實力都贏不了坎蒂先生。

經過空虛的抵抗，艾爾最後還是被坎蒂先生拖進店內。

「艾爾在他面前就像小孩子一樣……」

這世界上真的有許多高手呢。

「人家幫你脫吧。」

「我自己來就好！」

「真是含蓄又可愛呢。哎呀，你的身體鍛鍊得不錯呢。」

「「「……」」」

艾爾在店裡遭受殘酷的待遇，但我、艾莉絲和卡琪雅都沒打算去阻止。

因為感覺我們絕對贏不了坎蒂先生。

「威爾，我恨你……」

「這不是很適合你嗎？」

明明他前不久還置身於像被酒店小姐圍繞的天堂，結果立刻就被坎蒂先生看上墜入地獄……
看來這世界會自己維持平衡。
「但你穿起來真的很好看。」
「艾爾文，你看起來變成熟了。」
雖然外表是那個樣子，但坎蒂先生挑衣服的眼光真的很好。
艾爾身上的衣服乍看之下設計簡單，但其實用了上等的布料，替他營造出一股成熟的氛圍。
「艾爾文是鮑麥斯特伯爵大人的家臣，如果沒有這種程度的品味，在王都會被其他貴族的家臣瞧不起喔。」
「我無言以對……」
鮑麥斯特伯爵家之後還會再變得更大。
身為重臣的艾爾如果不好好打扮，會影響到我的名聲。
雖然外表看不太出來，但坎蒂先生其實是個溫柔的人。
「這種服裝能凸顯出艾爾文的身材曲線，真是太美妙了——！」
看來有一部分也是為了滿足他的私慾，明明要是沒有這句話，我就能坦率尊敬他了……
「不過……」
「咦？」
坎蒂先生突然輕輕戳了一下艾爾的左胸。

光是這樣一個簡單的動作，就讓艾爾的身體失去平衡。

「雖然人家最喜歡男孩子的肌肉了，但艾爾文身體左右的平衡太差了。」

「怎麼可能……」

既然能被布蘭塔克先生另眼看待，就表示坎蒂先生真的很強。

以艾爾現在的實力，在他眼中應該就像個小孩子吧。

「拿劍的右側比左側強太多了……但也不能因此就讓辛苦鍛鍊的右側衰退，之後必須多鍛鍊身體的左側。劍士拿劍的那一側比較強很正常，但最好盡可能縮短左右兩側的差距。」

坎蒂先生以冒險者前輩的立場，指導艾爾如何鍛鍊。

艾爾靜靜聽著對方犀利的指摘。

「像這樣鍛鍊過後，艾爾文一定會變成一個更好的男人。」

「呃……我已經結婚了……」

「哎呀，真可惜。真愛究竟在哪裡呢？」

我們無法回答坎蒂先生這個充滿哲學意味的問題。

「人家這裡也有適合卡琪雅的衣服喔。」

「我還以為艾爾文已經讓你忘記這件事了——！」

「怎麼可能。卡琪雅才是今天的主角啊。」

「講是這樣講，你還不是花了很多時間在艾爾文身上！」

「因為艾爾文是人家的菜啊。」

雖然被艾爾耽擱了一下，但坎蒂先生並沒有忘記替卡琪雅挑衣服這個本來的目的。

「人家已經準備好適合卡琪雅的衣服了。」

「適合我的衣服？」

「沒錯，妳穿起來一定很好看。衣服已經先放在試衣間裡了。」

「那我也去幫忙。」

艾莉絲開始協助卡琪雅換衣服。

「艾莉絲，真的要穿這個嗎？」

「哎呀，妳穿起來很好看啊。」

「總覺得好難活動……」

花了一點時間換衣服後，卡琪雅害羞地走了出來。

「坎蒂先生，這件衣服是？」

「這是人家想出來的，很棒吧？」

坎蒂先生替卡琪雅準備的衣服，是俗稱哥德蘿莉的蘿莉塔服裝。

我本來以為這套以黑色為基調的服裝會和卡琪雅的髮色重疊，但充滿光澤的黑色與她相當搭配。

我前世也曾看過幾次這種服裝，但坎蒂先生的作品不僅質料更好，就連精細的刺繡與裝飾都絲毫沒有偷工減料。

「老公，好看嗎？」

「非常好看。我本來還在想怎麼是黑色的，結果意外地搭配。」

「我也覺得很漂亮。我平常只有參加葬禮時會穿黑色的衣服，但這件衣服真的很棒。」

艾莉絲也對卡琪雅的哥德蘿莉服讚不絕口。

不過居然能自己設計出哥德蘿莉服……

該不會坎蒂先生也是來自其他世界……應該不可能吧。

「艾爾文，說點什麼吧。」

「喔喔！這件衣服好棒！也買一件送遙吧。」

艾爾，你讓自己的老婆穿這種衣服是想要幹什麼？

比起衣服，你應該多稱讚一下卡琪雅吧。

「對不起，艾爾文。這個只有一件。」

畢竟這件衣服做起來相當費工。

這讓我想起這間店的衣服幾乎都是坎蒂先生自己做的。

「如果這件衣服的評價不錯，人家打算請認識的服飾工坊幫忙量產。目標客群是貴族的千金和年輕夫人。也預定會推出不同顏色的版本。」

「從這價格來看，你瞄準的客群應該是上級貴族的底層，這是為了確保獲利嗎？」

「哎呀，鮑麥斯特伯爵大人也很懂經商呢。畢竟還是跟貴族做生意比較容易確保獲利。當然人家也有考慮過稍微降低品質，做有錢人家小姐的生意。」

看來這個大叔也很會經商。

「喂，這樣就結束了吧？」

「怎麼可能。卡琪雅很少來服飾店，有好多衣服等著讓妳試穿呢。」

「卡琪雅，妳就忍耐一天吧。」

「老公，你應該跟我是同一種人吧？」

「幸好我有專人幫我準備衣服！」

「你明明跟我是同一種人——！」

我前世也很少買衣服，所以非常清楚。

即使是和女性約會，去逛時髦的服飾店還是會讓人身心俱疲。或許我就是因為這樣才會被女朋友甩掉。

我在這個世界從小就沒幾件衣服，但現在都是艾莉絲她們或多米妮克幫我準備衣服，所以輕鬆了不少。

「只要今天努力一點，或許未來兩三年都不用再去買衣服嘍。」

「老公，那真是太棒了。」

「你們對衣服就不能再多一點興趣嗎……」

最後包含哥德蘿莉服在內，卡琪雅當天買了相當多的衣服。
伊娜她們看見後，也跟著變成坎蒂先生店裡的常客，他那間店的生意也順利變得愈來愈好。

在那之後的某天。
「坎蒂先生，我要訂哥德蘿莉服。」
「不曉得艾爾文的太太是個什麼樣的人。真是令人期待。」
艾爾沒忘記之前說過的話，向坎蒂先生訂了給遙穿的哥德蘿莉服。
於是這種衣服就在女性之間流傳開來。

「威爾大人，選舉怎麼樣了？」
「那種早就內定好的選舉，根本就不用問結果。」
「這樣投票有意義嗎？」
「薇爾瑪，這我也不曉得。」
最後總主教選舉就和世間傳聞的一樣由坎普費爾特樞機主教當選，教會也恢復平靜。
雖然霍恩海姆樞機主教沒當上總主教，但大家都認為他是在背後掌控教會的人物。拜此之賜，鮑麥斯特伯爵家也免於受到多餘的干涉，坦白講這實在是個諷刺的結果。

第六話　藤林家的副業與不神祕的美少女店長

遙的哥哥，下任藤林家當家武臣先生來到了鮑麥斯特伯爵領地。

他是來見外甥雷昂，還有替藤林家送賀禮給遙。

再來就是藤林家在赫爾穆特王國經營的副業——販賣瑞穗食品的生意做得比想像中還要好，所以他打算也在鮑爾柏格開一間分店，這次來就是為了找開店的地方。

藤林家的瑞穗茶（其實幾乎就是日本茶）、海苔、昆布、醃海帶芽和海鮮乾貨都賣得非常好。

由於瑪黛茶有股淡淡的甜味，因此瑞穗茶深受討厭那股味道的富人們歡迎，另外買抹茶製作點心的人也變多了。

受到瑞穗的影響，也開始有點心師傅嘗試用瑪黛茶的粉末製作糕點，但許多人都覺得那股甜味只會讓點心的味道變得太雜，所以還是抹茶比較受歡迎。

原本用來熬湯的昆布則是被認為和海帶芽一樣有促進毛髮生長的效果，吸引了許多毛髮稀疏的顧客購買。

這麼說來，在瑞穗公爵領地也有海帶對頭髮很好的說法。

我覺得這只是迷信，但反正這些食材確實有益健康，所以也不用勉強澄清。

而且這些食材都是以平民價格販售，就算買了以後發現沒效，應該也不會有人覺得是詐欺。大部分的人還是為了健康和減肥而買。

「我的外甥真可愛。既然是遙的小孩，將來一定也很會用刀。我偶爾來指導他好了。」

「哥哥，你不需要勉強自己。」

「為了可愛的外甥，這根本不算什麼。」

雖然靠內亂時立下的功勞升為上士，但隨之增加的支出也讓藤林家面臨財務困難，幸好後來做的副業生意興隆。

武臣先生的衣服還是跟以前一樣……不對，儘管設計沒什麼變，但衣服的質料變高級了。看來他賺了不少錢，給雷昂的賀禮也十分豪華。

後來甚至還說要請兼定先生幫雷昂鍛刀。

儘管不及奧利哈鋼刀，但名匠兼定的刀也算是高級品。

受到美麗的刀身吸引，王國有些貴族也開始收集瑞穗刀，而在眾多瑞穗刀中，歷代兼定的刀更是極受歡迎的工藝品。

想取得這種刀並不容易。

「遙，妳身體的狀況還好嗎？」

「是的，生完孩子後，艾莉絲大人立刻就替我施展了治癒魔法。」

「艾莉絲大人，感謝妳這麼照顧舍妹。」

「遙小姐對鮑麥斯特伯爵家來說是不可或缺的人。」

「感謝妳如此看重她。」

遙是腓特烈他們的護衛兼奶媽。

她平常不僅會照顧包含雷昂在內的孩子們，在母乳不夠時也會幫忙餵奶。

遙是能夠自由出入我家的重臣之妻，這表示我們就是如此信任她。

「遙小姐真的幫了我們很多忙。」

如果每天都得忙著照顧小孩，艾莉絲她們一定會得產後憂鬱症。

多虧有遙在，她們才能順利輪班休息。

「看見鮑麥斯特伯爵家把遙當成自家人，我這個做哥哥的就放心了。不過……」

武臣先生驚訝地看向遙的服裝。

因為她正穿著艾爾之前向坎蒂先生訂的黑色哥德蘿莉服。

艾爾似乎花了不少錢，以昂貴布料製成的哥德蘿莉服充滿高級感，就算讓貴族或家臣的妻子當成便服穿也不會顯得不自然。

不過對第一次看見哥德蘿莉服的武臣來說，應該會納悶自己可愛的妹妹為何會打扮成這樣吧。

「大舅子，這是王都現在流行的衣服。」

「原來是你幹的好事——！」

武臣先生至今仍未諒解搶走自己可愛妹妹的艾爾。

本來期待他會因為疼愛外甥而軟化，但看來他對哥德蘿莉服不甚滿意。
他一如往常地將憤怒的矛頭指向艾爾，到了這種程度，已經變成是一個固定橋段了。
「大舅子，這是有原因的……」
「誰是你大舅子！」
「呃，是大舅子沒錯吧……」
艾爾，雖然是這樣沒錯，但現在跟武臣先生講什麼都沒用吧。
對他來說，艾爾就只是個搶走可愛妹妹的敵人。
「明明雷昂這麼可愛……你卻一點都不可愛！」
「呃……」
艾爾應該也不想被比自己年長的男人稱讚可愛，但先不管這個，真希望武臣先生能早點習慣。
沒想到妹控居然如此無藥可救。
「而且你除了遙以外！」
武臣先生也對蕾亞和安娜的事情感到生氣。
畢竟他覺得自己可愛的妹妹無可挑剔……然而其實武臣先生自己也最少得娶兩個太太，卻到現在都還單身……
武臣先生的父親都沒幫他安排相親嗎？
「身為鮑麥斯特伯爵家的重臣，這是無法避免的事情，希望你能夠諒解……」

「我當然明白……」

儘管能夠理解貴族的常識，但情感上無法接受嗎？

妹控果然無藥可救。

「哥哥……」

「哎呀，差點忘了今天還有其他重要的事情。」

就在遙因為看不下去而準備規勸自己的兄長時，武臣先生立刻轉移話題。

他是個徹頭徹尾的妹控，所以不喜歡被心愛的妹妹責備。

「感謝您允許我們在鮑麥斯特伯爵領地開店。」

這樣以後想買瑞穗的食材會比較方便，又能增加稅收，所以我當然是十分歡迎。

鮑麥斯特伯爵領地的人口仍在持續增加，而開發中的地區又有許多有錢人。

因此稀有的瑞穗食材應該很有市場。

「我偶爾也會來這裡露臉，但我想向各位介紹之後的鮑爾柏格分店負責人。阿昌，進來吧。」

「是的。」

武臣先生叫了一個可愛的黑髮少女進來。

雖然短髮的造型看起來像個少年，但她的身材既苗條又嬌小，能夠激起別人的保護慾。

這女孩一定能成為一個優秀的招牌店花……等等，武臣先生剛才說她是分店負責人？

「武臣先生，這位是分店負責人吧？」

「是的。阿昌是藤林家的親戚，他的祖父後來選擇當商人。」

藤林家當時還只是下士，所以無法讓所有族人都成為武士，排行較後面的小孩之後都成了平民。

其中一個人選擇做生意，而阿昌就是那個人的孫兒，算是武臣先生的遠房兄弟姊妹。

兩家至今仍保持連繫，所以她才來協助藤林家做生意。

「她應該是很有才能吧。」

「雖然還年輕，但他做生意的本事比我們好多了。」

武臣先生覺得這是個適才適所的安排，但我總覺得有點不安。

鮑爾柏格是個人來人往又充滿活力的城市，但相對地也有許多不良分子。

從預防犯罪的觀點來看，讓女孩子當分店長實在不太妥當。

我們的警備隊平常都有在認真取締，但畢竟人手不足，偶爾也會來不及趕到事發現場，所以還是讓男性當分店長比較安全……

「這樣沒關係嗎？鮑爾柏格有許多粗魯的人喔。」

卡特琳娜代替我提出忠告。

其實她以前曾在鮑爾柏格被不良分子纏上，然後用龍捲魔法將對方吹跑……真是個悽慘的事件。

負責事後處理的崔斯坦差點就哭出來了。

「這都要怪那些沒禮貌的傢伙。」

雖然卡特琳娜說的沒錯，但我還是勸她下次可以用對周圍造成的損害較小的魔法。

「卡特琳娜大人，別看阿昌這樣，阿昌可是很強的。無論是刀法或古戰術都相當精通。」

「哎呀，真厲害。不愧是遙小姐的親戚。」

看來藤林家的成員都不會疏於鍛鍊刀法。

古戰術則是在戰場上失去武器時，徒手戰鬥的武術。

我曾經聽遙說過，雖然這種武術和魔鬥流相似，但更加著重於將對手的武器搶過來靈活運用的技巧。

「其實許多瑞穗商人的實力都不輸武士。」

畢竟他們要到各地做生意，自然擅長防身之術。

「但她的外表可能會招惹不必要的麻煩吧？要再多請一位男店員嗎？」

「這就要等生意上軌道後再說了。而且阿昌真的很強，還請放心。」

再怎麼強，畢竟還是女孩子……

如果真的出事，或許會演變成鮑麥斯特伯爵家與瑞穗公爵家之間的問題。

「不，果然還是有男性在會比較好吧。讓女孩子獨自打理一間店實在太危險了。」

雖然這不是強制命令，但還是說清楚比較好。

畢竟要是出了什麼事，警備隊可能會來不及趕到。

「呃……鮑麥斯特伯爵大人。」

「什麼事，武臣先生？」

「阿昌是男的……」

「「「「「「「「「騙人！」」」」」」」」」

在我開口前，其他人已經先大喊出聲。

因為外表如此可愛的阿昌，居然是男性。

「咦？男的？這是在開玩笑嗎？」

「艾爾先生，阿昌是男性沒錯。」

艾爾也以為阿昌是女性。

遙從以前就認識這個親戚，所以當然不怎麼驚訝。

她表示阿昌確實是男性。

「鮑麥斯特伯爵大人，他身上穿的是男裝吧。」

「瑞穗服的男裝和女裝都長得差不多啊。」

「請您看仔細一點，這是瑞穗的男裝。」

許多瑞穗女性平常都是穿顏色樸素的衣服，看起來一點都不像男裝。

阿昌穿的也是暗色系的瑞穗服，但就算說他是女性也完全不會讓人覺得不自然。

我仔細觀察穿著瑞穗服的阿昌，然後逐漸覺得臉紅心跳。

嗯，這實在是很不妙。

「我是男生，而且每天都在努力修練，希望能變成像武臣先生那樣健壯的瑞穗男兒。」

「咦？你確定要像他那樣……」

「艾爾文，你有什麼意見嗎？」

「不，沒事，大舅子。」

「誰是你大舅子！」

「又來了……」

變得像武臣先生那樣？

我可不想看到妹控繼續增加。

艾爾應該更不希望吧。

「威爾？」

「什麼事？艾爾。」

艾爾大概也跟我一樣，看阿昌看到有點心動了。

一定是神不小心搞錯，才讓他變成男孩子。

就連完全不信神的我都這麼覺得。

「從魔力的流動來看，確實是男性呢……」

「露易絲大人，您看得出來嗎？」

「不過算是相當難辨別的類型，害我忍不住像老人那樣瞇起眼睛。」

露易絲能夠藉由觀察魔力流動的細微變化，看出對方的性別。

但阿昌似乎特別難辨別，讓露易絲凝視他時忍不住瞇起了眼睛。

「沒有喉結……」

「薇爾瑪大人，雖然沒有喉結，但我確實有變聲過。」

「原來如此……」

阿昌的聲音也很尖，讓他給人的印象更像女性。

雖然他有努力想要改正這點，但不管再怎麼修練刀術培養男子氣概……外表都還是像女性。

「肌膚也很漂亮……」

伊娜似乎非常羨慕阿昌的肌膚。

女冒險者最大的煩惱就是必須經常在外面活動，導致頭髮和肌膚受損。

因為最近剛生過孩子，我家的女性成員們都沒有餘力保養頭髮和肌膚，阿昌不像會保養的人，但他的肌膚還是比誰都漂亮，讓她們羨慕不已。

「的確，真羨慕他那比女性還要細緻的肌膚。」

亞美莉大嫂也到了皮膚開始變差的年齡，用羨慕的眼神看著阿昌柔嫩的肌膚。

「唉，人總是無法如願得到自己想要的東西。」

「頭髮也好滑順……」

「真的耶。明明本人看起來就不像是有在保養……」

泰蕾絲和莉莎也羨慕地看向阿昌的肌膚與秀髮。

「我就算在大太陽底下練習刀法也不會曬黑，而且也完全練不出肌肉……但我其實很想有曬黑的肌肉，讓自己變得更有男子氣概。」

即使被眾多女性羨慕，阿昌本人也不想要這個體質。

話說回來，他壓低聲音拚命訴說自己想法的樣子真是太可愛了。

「唉，就算長得像女生也終究是男生，無法像我這麼惹人憐愛。」

卡特琳娜充滿自信地說道，但她和阿昌完全是不同類型。

卡特琳娜是華麗型的美女，阿昌則是可愛到能夠激起別人的保護慾……而且他還是男生，就是這樣才厲害。

「噗噗——阿昌比卡特琳娜還要惹人憐愛。」

「薇爾瑪小姐，無論是已經去世的父母還是領地的居民，大家都認為我從小就非常可愛呢。」

「那只是父母的偏心。覺得阿昌比卡特琳娜惹人憐愛的人請舉手。」

薇爾瑪突然慫恿大家進行表決，除了卡特琳娜以外的所有人都一齊舉手。

我無法對自己說謊，所以也舉起了手。

「威德林先生！為什麼你沒把票投給我這個妻子！」

「咦——！為什麼只針對我？其他人也同罪吧？」

我覺得卡特琳娜這樣責備我實在太不講道理了。

「威德林先生，我難道不惹人憐愛嗎？」

「呃……卡特琳娜已經結婚當媽媽了，所以現在不該像少女那樣惹人憐愛，而是要散發成熟女性的魅力。阿昌還未婚吧？」

「是的。」

「和未婚的阿昌比這個也沒意義。作為已婚人士，妳應該培養不同的魅力。」

「說得也是。」

我巧妙地蒙混了過去。

話說回來，阿昌的外表真的很惹人憐愛，讓人想幫他一把。

即使聽說他是男生，只要稍微看他一下就會馬上忘記……

我是笨蛋嗎！

阿昌是男的吧！

「威爾，我覺得阿昌的實力相當高強。這樣你還會擔心嗎？」

露易絲以格鬥家的直覺判斷阿昌是個高手。

所以讓他一個人顧店應該是不會有問題。

不過露易絲。

即使是我，也不會對男生產生戀愛感情。

我有許多妻子，不管是誰都會認為我「喜歡女性」。

只是現在變得有點不敢確定……才怪！

「一開始必須先小規模經營觀察狀況，但阿昌很強，完全不需要擔心。」
「請多指教。」
經歷了以上這些事情後，藤林家在鮑爾柏格經營的茶葉兼乾貨店就此開幕。

＊　＊　＊

「威爾，藤林乾貨店似乎生意興隆呢。」
「那真是太好了。」
幾天後，有事去鮑爾柏格的露易絲，向我報告前陣子開幕的新店狀況。
那裡吸引了許多客人，而且茶葉和海苔都十分暢銷。
「如果剛開幕還沒生意就不妙了。這表示他們跨越了最初的門檻。」
新店開幕時，首先會吸引好奇的客人。
偶爾也有店家從一開幕就沒什麼生意，那種店通常很快就會倒閉。
但最常發生的狀況應該是剛開幕時生意很好，後來就慢慢變得冷清吧。
做生意最困難的部分就是如何確保常客。
「威爾真是嚴厲呢。」
「如果不謹慎經營，很快就會倒閉。」

在我的前世，大部分的店只要開了幾年就會倒。

這個世界的需求總量不多，新店也經常倒閉。

就算最近瑞穗產的食材很受歡迎，還是不能疏忽大意。

「但我覺得不用擔心。」

「露易絲，妳為什麼這麼確定？」

「因為那間店有招牌店花啊。」

招牌店花啊……

阿昌的外表確實很像女生，但他是貨真價實的男生。

這樣說他實在太失禮了。

「我回來時，看到店裡都是男客人。」

「真奇怪。」

阿昌開的是乾貨店。

雖然男性也會買茶葉，但海苔和乾貨的主要客群是負責料理的女性。

「是專業廚師去進貨嗎？」

或許是有廚師想靠稀有的瑞穗食材招攬客人。

但應該不可能所有男客人都是餐廳老闆。

「即使如此，沒有女客人也太奇怪了。」

「就是啊……」

我有點在意，於是帶著露易絲和人就在旁邊的薇爾瑪一起去視察狀況。

「歡迎光臨，現在新茶有特價喔。」

店長阿昌在乾貨店前面邀請客人試喝瑞穗茶。

我前世的茶葉店也會這麼做，但在瑞穗服上披了一件圍裙的阿昌怎麼看都是位楚楚可憐的女生，讓男客人像被花蜜吸引的蜜蜂般蜂擁而至。

「可以直接用瑪黛茶的茶壺泡。因為喝起來不甜，味道會很清爽，也很適合用來搭配餐點，天氣熱的時候放冷再喝也別有一番滋味。」

阿昌很會做生意，不斷邀請客人試喝，試過的客人有一半以上都買了瑞穗茶。

「男人真單純。」

「薇爾瑪，這樣說他們太可憐了……」

阿昌是男生，但如果被這麼可愛的孩子邀請試喝，應該很少有男性能拒絕吧。

小包裝的茶葉價格並不貴，所以許多人後來都買了。

「威爾，有好多熟面孔。」

「咦！」

我的許多家臣都在這裡……崔斯坦、莫里茲、湯瑪斯……另外還有好幾個人……

這樣鮑爾柏格的警備沒問題嗎？

而且我記得湯瑪斯是負責隧道那裡。

「喂，你們幾個……」

「主公大人，您也來買瑞穗茶嗎？」

「我買好就回去了，你們不用工作嗎？」

「威爾，你買好就會回去了啊？」

露易絲立刻吐槽我，但我並沒有被阿昌的性感魅力誘惑……應該說身為男性的阿昌才沒有什麼性感魅力！

「畢竟是新茶的季節。」

「沒錯，新茶的季節很重要。」

「茶這種東西，不管什麼時候喝都一樣吧……」

因為是藤林家開的店，所以這裡可以即時買到瑞穗公爵領地內主要產地的新茶。

比起瑪黛茶，我吃甜點時更愛配瑞穗茶，所以來買茶葉也很正常。

「威爾大人，這裡有賣與治的新茶。」

「喔喔！與治的茶很好喝呢。」

與治是瑞穗公爵領地內最有名的茶葉產地，雖然微妙地和宇治有點像，但與治的茶直接喝就很好喝。

買一點回去給艾莉絲她們好了。

「所以你們不用工作嗎？」

「請放心，現在是規定的休息時間。」

「我也一樣。」

「我是來鮑爾柏格報告事情，所以回程想買點土產給尼可拉斯他們……」

三個人都沒有蹺班，只是在休息時間發現新店並過來試喝一下而已。

很多男客人都是如此，大家都一臉幸福地試喝瑞穗茶。

他們知道阿昌是男的嗎……我覺得有點恐怖，所以放棄確認。

「反正休息時間要做什麼是個人自由……我也買點海苔回去好了。」

「海苔都在這裡。」

阿昌拿出幾種海苔給我挑選，每種的價格都不太一樣。

「海苔要挑顏色濃又有光澤的比較好。再來是……」

阿昌稍微用火烤了一下看起來最高級的海苔。

海苔立刻變成深綠色，證明這是高級品。

這是前世認識的海苔批發商教我的知識。

「如果是用來包飯糰，那建議買好一點的海苔。」

「的確。畢竟是要直接吃。而且這些海苔的品質也值得這個價錢。」

說到飯糰就會想到海苔，但其實在從瑞穗公爵領地進口之前，我一直是湊合著吃沒有加海苔的飯糰。

這讓我想起之前曾經參考芥菜飯糰，用在布雷希柏格買的蔬菜包過飯糰，結果實在是慘不忍睹。飯糰就算沒有海苔也很好吃，但果然還是會讓人覺得少了什麼。

如今不僅能夠與瑞穗公爵領地交易，就連鮑爾柏格都開了食材店。

這表示以後我隨時都能用海苔做飯糰了。

除此之外，還能夠做海苔飯捲和壽司捲，烤好麻糬後也能沾砂糖醬油用海苔包起來吃。

「我還想買拌飯的香鬆。」

「店裡目前有鰹魚鬆、鰹魚乾、梅子、芥末、紫蘇海帶和魩仔魚等種類。另外還有沒乾燥過的高級香鬆。請試吃。」

沒想到阿昌居然連白飯都準備好了。

他依序在上面灑各種香鬆讓我試吃。

這些香鬆都很好吃，讓我回想起前世的回憶。沒有經過乾燥程序的高級香鬆也同樣是極品。

另外還有加了海膽或肉燥的香鬆，每一樣都好吃到足以喚醒我的日本人精神。

「我全都買了。」

「謝謝惠顧。」

我是有錢的鮑麥斯特伯爵，大量購買高級海苔和高級香鬆對我來說根本不算什麼。

「有賣麻糬嗎？」

「有，我們還有賣品質很好的黃豆粉，紅豆也是來自瑞穗最佳的產地。」

麻糬、黃豆粉和紅豆沙。

我絕對不能錯過這個完美組合。

雖然王國也買得到這些食材，但品質還是不夠讓我滿意。

得快點將買來的紅豆泡水，仔細熬煮才行。

「其他好像還有賣不少東西，但我今天沒什麼時間……我之後會再來。」

今天買的東西比預期的還要多，不過都是些好東西。

我決定以後要不時來這間店逛逛。

「威爾……你居然也迷上了阿昌……」

「別把我和崔斯坦他們混為一談！」

我對男人沒有興趣。

就算外表長得像女人，我也不會起色心。

「但你試吃時和崔斯坦他們一樣，看起來非常開心。」

才不是那樣。

我只是很高興新開的店有許多好商品而已。

有提供試吃這點也大大刺激了我的購買慾。

「薇爾瑪應該能夠理解吧？那間店有許多好商品。」

「那裡有很多優質食材。」

「看吧，薇爾瑪也知道那間店好在哪裡。」

「但許多客人的目的都是阿昌。」

「就說別把我和那些人混為一談了！」

我只是被店裡的商品吸引。

絕對不是因為阿昌這個招牌店花……何況他也不是女的！我不斷大聲主張自己並非因為迷上他才買那些東西。

＊　＊　＊

「唉，我也不是不能理解你的心情。畢竟就算說阿昌是男的，應該也有人不會相信吧。」

「吵死了，艾爾。我不給你吃飯糰喔。」

「我又沒說你是因為迷上阿昌才買那麼多東西。」

「喔喔！艾爾，你願意相信我嗎？」

「畢竟你從以前就對食材很有興趣。」

今天的晚餐準備了大量用海苔包的飯糰，我們聚在一起用餐聊天。

就像露易絲說的那樣，阿昌替藤林乾貨店吸引了不少客人。

客人一進入店裡，就會收到試喝用的茶杯。

阿昌的外表看起來是個美少女，所以沒有客人會拒絕試喝，而喝過的人有一定的比例會購買茶葉。

有些客人則是會對其他商品產生興趣，然後阿昌又會讓他們試吃……真是恐怖的無限循環。

沒想到武臣先生這麼有生意頭腦……雖然我覺得他應該沒想這麼多。

他只負責出資，也說過自己不擅長經商。

「大家好像都知道阿昌是男的。」

「咦？是這樣嗎？」

伊娜突然道出驚人的事實。

「他們說雖然阿昌是男的，但光是和他一起喝茶說話就覺得非常幸福，所以一點都不在意。」

的確，只要喝著阿昌泡的茶和他一起聊天，就會忘記他是男性的事實。

「崔斯坦他們是在知道阿昌是男性的情況下過去光顧啊……」

「好像是這樣。」

該不會他們家裡都有什麼問題吧？

為了尋求慰藉而跑去找男人……

要是被妻子發現，應該會惹她們生氣吧？

「但威爾還不是一樣？」

「喂！」

我立刻吐槽伊娜。

我單純只是喜歡那間店，想買那裡的商品而已。

本來以為只是間普通的乾貨店，沒想到新興的藤林家和親戚一起經營的小規模商家，居然會採用這麼有趣的銷售方式。

好久沒看到這麼讓人興奮的店了。

「但你去那裡的頻率比其他店高很多吧？」

「因為那裡會辦活動。」

沒錯，他們之前舉辦了教人怎麼煮高湯的活動。

先用柴魚片和昆布煮高湯，然後再讓人試喝。

我也忍不住買回家，做出了非常好喝的味噌湯。

真正的高湯果然不一樣。

我也曾試過自己做味噌，但各方面都還是比不上藤林乾貨店的味噌。

那裡賣的醬油也不便宜，但我最後還是改成用他們的醬油。

幸好我是鮑麥斯特伯爵，所以才能這麼奢侈。

「我今天也打算去試吃阿昌做的佃煮。」
「然後買回家對吧……」
「因為比我自己做的好吃啊。」
佃煮是一道困難的料理。
雖然大家都會做，但要做得好吃很難。
很少有料理像佃煮一樣，只要稍微改變調味方式味道就會完全不同。
我前世曾吃過一間老店做的佃煮，真的非常美味。
我以前也曾試過自己做佃煮拿來包飯糰或配飯，但還是藤林乾貨店賣的商品比較好吃。
阿昌會以店長權限向瑞穗進貨或是自己製作，所以種類也相當豐富。
大陸南方有產稻米，適合配飯的佃煮不怕賣不出去。
一般平民是買來包飯糰或配飯，冒險者則是買來當成能夠長期保存的攜帶糧食。
如果隊伍裡沒有能用魔法袋的魔法師，就很難準備像樣的餐點。
現在愈來愈多人會自己帶飯糰，或是就地生火煮飯，用佃煮當配菜。
用瑞穗食材製作的佃煮算是昂貴的高級商品，但阿昌自己用本地食材製作的佃煮相當便宜，所以成了暢銷商品。
「明明是乾貨店卻在賣佃煮。」
「這部分只能說是隨機應變。」

「方便保存的重口味食材，確實很適合冒險者呢。」

「所以我也要去藤林乾貨店……應該說非去不可。伊娜要一起去嗎？」

「好像很有趣，我也去一趟看看吧。」

「我、我也要去！」

我帶著伊娜和卡琪雅來到藤林乾貨店後，發現從店裡傳出烹調佃煮的香味。

雖然因為生意興隆而緊急僱用了新店員，但佃煮仍是由阿昌親手烹調。

他曾說過想成為一個男子漢，結果廚藝卻這麼好，這樣會愈來愈容易被誤認為女性吧。

「喔……伊娜、卡琪雅，妳們看那裡。」

「沒想到那個人也來了……」

「遠遠看過去還是很顯眼呢……雖然不像導師那麼誇張，但他的身材也一樣高大。」

「跟身材沒什麼關係吧？那個人本來就具備各種顯眼的要素……」

店前面形成了兩個人群。

一群男客人圍繞著阿昌試吃佃煮，另一群女客人則是圍繞著坎蒂先生聽他推銷佃煮，他和阿昌一樣穿著瑞穗服，並在外面罩了一件白色圍裙。

坎蒂先生什麼時候跑來的……他不用管王都的店嗎？

「哎呀，這不是鮑麥斯特伯爵大人嗎？伊娜和卡琪雅也來啦，歡迎光臨。」

不愧曾經是優秀的冒險者。

他就像發現獵物般立刻向我們搭話。

「坎蒂先生，王都的服飾店呢？你為什麼會在這裡？讓人疑惑的事情實在太多了……」

「人家請了一個值得信賴的店長幫忙照顧王都的店。因為人家也喜歡料理，所以打算在王都開一間跟這裡一樣的店。」

坎蒂先生在王都巧遇武臣先生，並成功和他談妥了進口瑞穗食材的事情，打算在王都開一間和藤林乾貨店相同的店。

所以坎蒂先生才來這間店接受培訓。

「你連料理也很擅長啊……」

「啊，鮑麥斯特伯爵大人，歡迎光臨。雖然坎蒂先生是來這裡接受培訓，但我已經沒有什麼能夠教他了。」

「這樣啊。」

不僅擁有專業等級的裁縫技術，就連廚藝都很好……感覺坎蒂先生比起少女更像是媽媽。

「不過你居然特地跑來鮑爾柏格，交通費應該很貴吧。」

最近在魔導飛行船的數量和航班增加後，雖然票價有稍微下降，但魔導飛行船仍是有錢人搭乘的交通工具。

考慮到天數，坎蒂先生不可能是搭馬車來，可見他這次下定了很大的決心。

「人家在漫長的冒險者生涯中存了不少錢，但平常還是得節儉一點才有錢做生意，所以在聽說會『瞬間移動』的朋友有事要去鮑爾柏格時，就請他順便帶人家過來了。」

「你的人脈還是一樣廣呢……」

不愧曾經是優秀的冒險者。

坎蒂先生廣闊的人脈實在令人驚訝，難怪連卡琪雅都這麼佩服他。

「（而且他真的很受女性歡迎。）」

雖然包含艾莉絲在內的女性們一開始都會被坎蒂先生的外表嚇到，但他對女性真的很細心，馬上就能和她們混熟。

他現在也一面推銷商品，一面和女性顧客們熱烈地討論王都最新的流行、穿搭和化妝的方法，以及料理的訣竅，商品當然也賣得非常好。

男客人交給阿昌，女客人交給坎蒂先生，兩人的分擔非常完美，店裡也擠滿了客人。

「（真是對好組合。）」

「（是啊……）」

阿昌和坎蒂先生不管怎麼看都是完全相反的類型，但兩人意外地合拍。

「現在賣的這個是新商品嗎？」

「這是芭萊草的嫩芽。我之前在找價格便宜的本地食材，於是坎蒂先生就推薦了這個給我。不愧是曾經巡迴各地，精明能幹的前冒險者呢。」

「阿昌店長才厲害，居然馬上就能把新食材做成料理。」

這兩個人真的很合拍。

順帶一提，芭萊草是一種介於藥草和野草之間的植物。

據說對腸胃很好，乾燥後也能當成腸胃藥。

不過因為大陸南方盛產這種植物，許多人都會直接當成蔬菜食用。

尤其是嫩芽特別美味，而且摘了以後過一個月就會再長出來，所以冒險者經常採來做成料理。

「芭萊草嫩芽的佃煮啊……」

我完全沒想過能這麼做。

「畢竟佃煮原本就是用來保存多餘食材的料理。請試吃看看吧。」

「謝謝。」

「我也要試吃！」

「我也要。」

阿昌一開始分配試吃用的佃煮，店內的客人們就再次騷動了起來。

「請用，非常好吃喔。」

大家一開始也都被坎蒂先生嚇到，但他待人親切，所以客人們也馬上就習慣了。

「是帶點苦味的成熟風味呢。」

「鮑麥斯特伯爵大人真的跟傳聞中的一樣，喜歡新奇的美食呢。」

居然連坎蒂先生都聽說過我的傳聞。

「看來是成功了，或許也可以拿來當下酒菜。」

今天是佃煮的特賣會，所以店裡擺了許多佃煮。

星鰻、銀魚、玉筋魚、鰻魚、鰹魚、鮪魚、蛤蜊、文蛤、蜆仔、牡蠣、昆布、海苔、香菇、杉菜，這些全都是從瑞穗進口的昂貴商品。

其中鮪魚和鰻魚又特別貴。

即使是在我的前世，一百公克通常也要價數千圓。

唉，雖然我還是會買。

「威爾……那個沒問題嗎？」

「妳說哪個？」

「老公，那不是蟲子嗎？」

在這塊大陸上，只有瑞穗公爵領地有吃昆蟲的習慣。

而這裡也有賣用蝗蟲、蜂蛹、溪蟲和取完絲的蠶蛾製作的佃煮。

這些都是數量不多又貴重的稀有料理，所以我決定買下來。

「威爾，這可以吃嗎？」

「咦？很好吃喔？」

儘管外觀不受女性歡迎，但蝗蟲的佃煮非常美味……

「我已經買了，妳們晚點可以試吃看看，真的很好吃。」

「我就算了……」

「我也不要……」

冒險者可能會遇到難以取得食材的狀況，這時候如果敢吃蟲就能提高存活的機率……

看來伊娜和卡琪雅都跟正常女性一樣怕蟲子。

「雖然好吃，但人家也是怕蟲子的少女。」

話雖如此，坎蒂先生還是有試吃過……

即使他說自己討厭蟲子，依然一點說服力也沒有……

「在瑞穗人當中也有很多人無法接受昆蟲做的佃煮，但相對的也有人非常喜歡。」

阿昌立刻替兩位女性緩頰。

溫柔的男性通常會受到女性歡迎……但阿昌似乎並非如此。

畢竟從女性的角度來看，比自己還可愛的男性可能會構成她們的威脅。

即使約會時一起走在街上，看起來也像是兩個女生一起出門玩，不會被當成約會。

「我試著將本地產的蘑菇做成了佃煮。請試吃看看。我對這一帶的蘑菇還不太熟悉，是請坎蒂先生幫忙分辨。」

「人家以前露宿時經常採蘑菇來做料理，所以對蘑菇很熟。」

阿昌讓我們試吃用在鮑麥斯特伯爵領地採的蘑菇做成的佃煮。

雖然蘑菇的種類很難分辨，但幸好有坎蒂先生在。

「好吃。」

「有確實保留菇類口感這點也很棒。」

「是啊，我開始想吃飯了。」

烹調佃煮時，必須配合食材改變調味料的比例和燉煮方法。

從完成度來看，阿昌在給我們試吃前應該已經試做過很多次，伊娜和卡琪雅都吃得津津有味。

「我還試做了小鯽魚和泥鰍的佃煮，請用。」

「這個也不錯。」

這些都是阿昌用本地食材自己做的商品，所以價格便宜又暢銷。

試吃的客人接連購買佃煮。

麵包和佃煮並不搭，但受到我在鮑麥斯特伯爵領地推廣田地的影響，大家開始習慣吃飯，許多人都買了佃煮回家當配菜。

阿昌果然很有生意頭腦。

坎蒂先生則是不論作為冒險者或生意人都很厲害。

「我要狠下心買鰻魚的佃煮。」

「我買蛤蜊的佃煮！」

崔斯坦他們又在休息時間現身，來這裡試吃和購買佃煮。

看來他們都是早就習慣坎蒂先生的常客。
他們開心地從阿昌那裡收下試吃品，然後老實地購買商品。
但我怎麼看他們都是以發薪日買禮物給家人為藉口，來讓阿昌治癒自己。
「崔斯坦他們的家庭生活……是出了什麼問題嗎？」
他們明明才剛新婚，拜託別跟我說他們家庭不和啊。
就算找我商量，我也沒有足夠的經驗可以給他們意見。
「老公，結婚生子後會遇到很多事，裝作沒看見也是一種溫柔。」
「或許吧……」
「有時候的確是這樣……」
卡琪雅該不會是因為看過父母的互動，才對這種事這麼了解吧？
至於坎蒂先生……他應該沒成家吧？
「對了，也有時雨煮喔。」
接著阿昌推薦我們試吃時雨煮。
時雨煮是指加了生薑的佃煮。
瑞穗公爵領地也有這種料理，這裡有賣加了文蛤和魔物肉一起燉煮的商品。
試吃後，我發現味道和牛肉時雨煮很像。
大概是因為加了肉質和牛肉很像的魔物肉吧。

當然，這裡也有賣牛肉時雨煮，但家畜的肉相當昂貴，所以價格也最高。

「不買就太可惜了。」

「結果還是每種都買了……」

「有什麼關係，反正可以保存很久。」

比起價格，還是隨時都能吃到喜歡的佃煮比較重要。

「只要放進魔法袋，就不用管保存期限了吧……」

「話雖如此，出外冒險時也無法在當地製作佃煮，平常就要先準備好存貨。對了，阿昌！」

「是的。」

「……你有辦法做這種商品嗎？」

「……我想應該沒問題。」

我拜託阿昌製作新的商品，在商品完成的幾天後，我久違地前往魔之森冒險。

艾莉絲等女性成員全都休假，今天是由我、艾爾、導師和布蘭塔克先生組成臨時隊伍。

我們在重蓋後變得相當豪華的冒險者公會魔之森分部的櫃檯接任務時，吸引了許多冒險者們的注意，但導師毫不在意，而且他的外表和氛圍也讓人不敢跟他搭話。

「冒險者的人數和水準都增加了，但還是很缺魔物肉和素材，水果和藥草也不太夠。」

「今天主要是來狩獵，所以別期待我們採集。」

在櫃檯辦完事後，我們四人移動到魔之森深處。

「這座森林的魔物還是一樣很多！都不怕沒獵物上鉤！」

「又不是在釣魚……」

雖然魔物的數量很多，但幾乎都被導師一擊打倒，我們並沒有花多少力氣。

「沒想到會變成這樣。」

布蘭塔克先生幾乎沒有參與狩獵，從魔法袋裡拿水壺出來喝。

「布蘭塔克先生，那是酒嗎？」

「不，我不會在狩獵途中喝酒。這是老婆幫我泡的茶。」

偶爾會有誇張的冒險者在狩獵時喝酒，但到了像布蘭塔克先生這種超一流的等級，就不會給別人任何可趁之機。

雖然以他給人的印象，就算在狩獵時喝酒也不奇怪。

「只不過瑪黛茶的缺點就是有點太甜了。」

「那要不要喝喝看這個。」

我從魔法袋裡拿出裝著冰瑞穗茶的水壺，遞給布蘭塔克先生。

「這個茶帶有適度的苦味，非常好喝呢。我沒想到可以做成冰的。」

布蘭塔克先生滿意地喝光了冰涼的瑞穗茶。

「威爾，都沒有魔物過來這裡呢。」

「唉，這也是理所當然。」

導師像個破壞狂般不斷擊倒魔物製造出一堆血淋淋的屍體，而那些血又引來了新的魔物。

拜此之賜，幾乎沒有魔物過來這裡。

「公會的人有說藥草和水果也不太夠吧。」

「我們就收集那些東西吧。」

我、艾爾和布蘭塔克先生三人，整個上午都在採集水果、藥草和蘑菇中度過。

「肚子餓了！」

然後到了午餐時間。

導師大鬧一場後說肚子餓了……鬧成那樣會餓也很正常。

因為有我們在，他完全沒有準備午餐。

導師的眼神明顯是在說「快幫我準備飯」。

「導師，因為無法預測冒險時會發生什麼事，至少要自己準備糧食吧。」

「在下當然有準備緊急糧食！不過緊急糧食就是要留到緊急的時候吃！鮑麥斯特伯爵，在下想吃飯糰！」

想吃飯糰啊……

感覺就像某個頑強的畫家。

「原來你的目的是這個。」

飯糰在鮑麥斯特伯爵領地活動的冒險者之間正蔚為風潮。

因為飯糰好吃、方便，不挑食材又不會吃得太撐。

雖然不管什麼料理吃太多都會妨礙行動，但飯糰的優點就是很容易調整分量。

無法悠閒用餐時，還能單手拿著吃。

「我做了很多，所以是可以分給你啦。」

我們開始在「魔法障壁」裡吃午餐。

儘管有大型魔物用爪子攻擊「魔法障壁」，但我今天沒用多少魔法，魔力還十分充裕。

「飯糰真好吃，只是對在下來說太小了。」

我做的飯糰明明是普通尺寸，但導師還是覺得吃起來不過癮。

他拚命想靠數量來填補分量。

「這個又甜又鹹的餡料真好吃！」

導師特別喜歡加了昆布佃煮的飯糰。

「那是瑞穗的食材。」

「喔喔！王都的人也在謠傳！說鮑麥斯特伯爵迷上鮑爾柏格的乾貨店老闆娘，經常去光顧。」

「給我等一下！」

居然說我是因為喜歡阿昌才常去乾貨店？

阿昌是男生這件事在鮑麥斯特伯爵領地相當有名，但王都居民似乎都以為他是女生。

「居然有這種傳聞？」

「沒錯！大家都在說原來鮑麥斯特伯爵也是個普通的男人！」

普通……大家原本到底把我想成什麼樣的人？

「導師，乾貨店的店長是男人。」

艾爾代替驚訝到說不出話的我向導師解釋，但我真沒想到謠言居然會變成那樣。

「什麼！」

艾爾的說明讓導師大吃一驚，他突然一口吞下手裡的飯糰，抓住我的肩膀。

「鮑麥斯特伯爵，同性戀不太好！要是被霍恩海姆樞機主教知道就不妙了！」

「我是已婚者，去乾貨店只是為了那裡的商品！」

等我解開導師的誤會時，他已經吃完了大量的飯糰。

結果我連一個飯糰都沒吃到。

他該不會是刻意讓我動搖，好藉機吃光所有的飯糰吧。

「我的飯糰——！」

「威爾，麵包倒是還有剩！」

「麵包和味噌湯又不搭——！」

「就算你這麼說……」

我這次還帶了拜託阿昌試做的即食味噌湯。

冷凍乾燥實行起來太困難，所以我們在味噌裡加了小魚乾和昆布粉代替湯頭，配料則是選擇海帶、脫水豆腐、蔥和蛤蜊。

只要用湯匙在杯子裡加入需要的量再倒入熱水，味噌湯就完成了。

因為不是冷凍乾燥所以不方便保存，但我有魔法袋可以用。

即使是用生味噌做的即食味噌湯，也不用擔心會壞掉。

能夠省下調理的工夫，只要倒入熱水就會變成熱湯的產品就這樣完成了。

但這個世界沒有塑膠包裝或真空袋。

如果沒有魔法袋，在保存和運輸上會面臨許多問題。

「可惡！我要用這個麵包讓我的味噌湯變豪華！」

味噌湯和麵包丁意外地搭配。

因為作為主菜的飯糰已經被導師吃光，我只能用「風刃」將麵包切成一公分大小的正方形並淋上油，再用火魔法做出噴槍的效果烤麵包。

麵包就這樣變成香噴噴的麵包丁，加進味噌湯後就成了美味的配料。

「無論是酥脆的麵包丁，還是吸了湯汁後變軟的麵包丁都很好吃呢。」

「伯爵大人，我可不是為了讓你做菜才教你怎麼控制魔法……」

「布蘭塔克先生，這也算是一種練習。你也要喝味噌湯吧？」

「嗯。導師那傢伙居然把大家的飯糰都吃光了！」

我、艾爾和布蘭塔克先生都只吃到一個飯糰，最後只能靠加了麵包丁的味噌湯填飽肚子。

「鮑麥斯特伯爵，既然你知道要跟在下一起出門，就該多準備一點飯糰！」

導師本人看起來毫不愧疚，豪邁地一口喝完自己的麵包丁味噌湯。

＊＊＊

「在這間店買些禮物回去吧。」

「居然會買禮物給妻子……布蘭塔克先生真的變了呢。」

「艾爾小子，你也會買禮物回去吧？」

「唉，畢竟今天久違地賺了一筆。」

由四個男人上演的「臉紅心跳！全是男人的魔物虐殺大會」就此結束……虐殺主要是由導師負責，我們大部分的時候都在專心採集……因為賺了一筆錢，我們決定去阿昌的店買完禮物再回去。

阿昌之前有拜託我喝完即食味噌湯後要告訴他感想，這也是我繞來這裡的其中一個理由。

「導師，王都沒有這種店嗎？」

「有由瑞穗出資的乾貨店！但不像這裡這麼常辦活動！」

平常不下廚的人，就算去那種像大型批發商的乾貨店也沒什麼樂趣。

藤林家算小本經營，所以才能採取諸如試喝茶葉、試吃和販賣用乾貨做的料理，以及現場製作料理吸引客人等靈活的促銷手法。

但武臣先生想不出這些活動，都是由阿昌在策畫。

想不到他年紀輕輕，生意手腕就如此了得。

鮑爾柏格是個仍在成長的城市，客人的數量遠比王都少，但藤林乾貨店還是大獲成功。

「鮑麥斯特伯爵，味噌湯的味道怎麼樣？」

「很好喝，但問題和預期的一樣。對沒有魔法袋的冒險者來說不容易攜帶。」

「問題果然出在這裡。味噌能夠長期保存，看來只能裝在小容器裡，要用時再用湯匙加進杯子裡了。」

這個世界沒有密封的小包裝，所以只能這麼做。

不過如果每次煮味噌湯都要重新熬湯頭會很麻煩，光是這樣就夠省事了。

「我想再多研究一下配料。」

「哎呀！這不是小壯和布蘭塔克嗎？好久不見——！」

「「小壯？」」

「「嘖！」」

我和阿昌討論時，在這裡幫忙和接受培訓的坎蒂先生從店裡走了出來，向我旁邊的導師和布蘭塔克先生搭話。

儘管兩人都是身經百戰，還是被這突如其來的再會嚇了一跳。

這麼說來，我好像忘了告訴他們坎蒂先生在這間店接受培訓。

沒想到坎蒂先生居然會叫導師「小壯」……

「布蘭塔克，小壯，我們明明好久沒見，你們的反應也太過分了吧？」

「抱歉，只是突然被嚇到。」

布蘭塔克先生立刻道歉，但導師似乎還沒恢復神智。

大概是因為以前曾經受過坎蒂先生的照顧，所以在他面前抬不起頭吧？

還是其實除了之前聽到的故事以外，坎蒂先生還掌握了導師的其他弱點……這個可能性很高呢。

「好厲害，居然直接叫他小壯。導師『姑且』是王宮首席魔導師吧。」

「艾爾文講話也滿不留情的。因為是阿姆斯壯，所以人家才替他取了『小壯』這個暱稱。小壯從年輕時起就是個厲害的冒險者，但他畢竟是貴族出身，對社會的常識不太熟悉。人家只是稍微指導過他。」

「……坎蒂大人，好久不見……」

導師總算恢復神智，並難得用尊敬的語氣向坎蒂先生打招呼。

「討厭啦！好難得看小壯表現得這麼正經。不過你真的成熟了好多呢。」

「在下從以前就很成熟……」

根據之前聽說的故事，感覺並非如此……

總之導師一見到坎蒂先生，就突然變得非常安分。

導師似乎不擅長應付知道自己年輕時的失敗與魯莽的坎蒂先生。

「（沒想到導師也有不擅長應付的人。）」

「（畢竟是他以前的恩人，所以也沒辦法吧？）」

「（導師年輕時也經歷了許多事呢……）」

布蘭塔克先生，其實我們已經聽他說過了……

「（但還真是剛好。）」

雖然知道坎蒂先生曾經照顧過導師，但要不是回程時有繞來這裡，我們也不會知道導師居然這麼不擅長應付坎蒂先生。

「坎蒂先生，導師年輕時是個什麼樣的人？」

「這個嘛……小壯剛開始當冒險者時是加入人家的隊伍。和外表相反，他很容易迷戀上漂亮的女孩子，並經常因此惹出麻煩，害人家和當時的同伴費了好大的工夫幫他收拾殘局。像是小壯以前喜歡過一個咖啡廳的服務生，現在那個人的女兒已經成了同一間咖啡廳的招牌店花了。另外他很容易和態度粗魯的冒險者吵架，害人家經常要去警備隊那裡接他……」

「在下覺得講到這裡就夠了！」

看來導師還有許多不想被我們知道的過去。

導師強硬地阻止坎蒂先生繼續說下去。

「既然坎蒂大人在這間店工作……想必十分可靠吧。話說店長，請問你們今天都在做什麼？」

「您認識坎蒂先生嗎？雖然他是來這裡接受培訓，但我已經沒有東西能教他，所以就拜託他和我一起開發新菜單。鮑爾柏格不是有開一間魚店嗎？」

「各位，好久不見。」

「啊！是內褲曾經被召喚魔法偷走的大姊姊。」

「鮑麥斯特伯爵，能被您記住是我的光榮，但希望您別再提起這件事……」

王都有間知名的魚店在鮑爾柏格開了分店，而那個分店長就是曾在魔導公會工作過的黛莉亞。

她是魚店家的女兒，辭掉魔導公會的工作後就在這裡經營分店。

我想起她曾被魔導公會的貝肯鮑爾先生用召喚魔法偷走了身上穿的內褲。

「妳果然是因為被貝肯鮑爾先生性騷擾才辭職嗎？」

「雖然不能說沒有影響……但如果能以店長的身分發揮自己的能力，不是一件很棒的事情嗎？」

「所以是為了往上爬才換工作啊。」

畢竟貝肯鮑爾先生的言行偶爾會惹出問題。

貝肯鮑爾先生的頭腦明明很好，但該說他不會看氣氛，還是容易失控呢……布蘭塔克先生在聽說了好友的事蹟後，露出相當遺憾的表情。

「我家的店靠代代累積的資金買了魔法袋，有著能讓魚貝類維持新鮮的優勢。而鮑麥斯特伯爵領地的南端經常能夠捕到美味的南方鰤、飛虎魚、旗魚、翻車魚和鰹魚。另外還有大型蝦子與貝類。

只要把這些海產運到王都的總店，就能賣到高價。」

雖然魔導公會的職員是個穩定的工作，但自己開店能夠賺到更多錢，也比較有趣。

「原來如此，所以妳才招贅並開了一間新店啊。」

「不，我還單身……」

導師說了一句多餘的話，讓黛莉亞小姐周圍的氛圍突然變得險惡。

她看起來大約是二十歲出頭，在這個世界已經是開始有結婚壓力的年齡，所以要特別注意這方面的發言。

「既然和魚店店長一起合作，是要賣魚類的加工品嗎？」

「是的，我試做了很多產品。」

為了改變氣氛，我試著轉移話題，阿昌也立刻敏銳地回應。

他不僅擅長經商和料理，還懂得察言觀色。

如果他是女性，一定能成為一個好太太。

「我用味噌醃了魚。瑞穗有許多種醃漬用的味噌，我正在嘗試改變味噌的種類和比例。」

「如果評價不錯，他就會多跟我們進一點魚，所以我今天是來試吃的。」

「鮑麥斯特伯爵大人，你們要一起試吃看看嗎？」

「真是令人期待。」

我也經常用味噌醃魚或醃肉。
雖然我試著以外行人的方式做了許多研究和實驗，但果然還是比不上專家。
「對了！我可以直接跟這裡買醃漬用的味噌！這間店應該有賣白味噌和紅味噌。」
我自己做的都是普通的味噌，沒有白味噌和紅味噌。
瑞穗也有類似西京味噌的味噌，用這個醃漬油脂豐富的魚肉會非常美味。
「明明是乾貨店，卻賣味噌的醃漬品？這樣不會很怪嗎？」
「艾爾，別在意這種小事，或許阿昌也有醃魚乾啊。」
「那個的確也有試做，另外還有鹽醃烏賊和海膽醬。」
看來非得買回去當禮物才行了。
就在我們像這樣聊天時，阿昌俐落地開始烤起了用味噌醃過的魚肉和魚乾。
周圍開始充滿味噌和魚肉烤過的香味。
「這時候就需要酒了。」
布蘭塔克先生從自己的魔法袋裡拿出酒瓶。
雖然工作時不會喝，但他總是隨身攜帶。
「這是瑞穗的燒酒，所以一定很搭。」
「喔喔！布蘭塔克先生大人，在下也要喝！」
就在布蘭塔克先生準備酒的期間，味噌魚片和魚乾都烤好了，兩人配著燒酒大口享用料理。

「太棒了。我的人生就是為了這個而活。」

「味噌魚片和燒酒真是最棒的組合！」

兩個中年大叔毫不在意別人的眼光，擅自在別人店裡喝酒。

或許成為超一流魔法師的條件，就是臉皮要夠厚。

「小壯、布蘭塔克，你們都一把年紀了，還是少喝點酒比較好。」

「「好的（知道了）……」」

不過被坎蒂先生提醒過後，兩人立刻就安分下來。

「（威爾，他們那樣也太像大叔了吧。）」

艾爾，他們原本就不管怎麼看都是大叔，所以講這種話也沒意義。

「我也吃一點好了。」

「我也要。」

因為是試吃，所以我和艾爾都只拿了一點。

果然味噌和其他調味料的比例都必須配合魚肉的種類調整。

阿昌的味噌醃漬遠比我做的好吃。

「味道不錯。如果要賣這個，昌先生就會跟我們進很多魚吧？」

「是的，這是當然。雖然一開始能處理的量有限。」

「昌先生也很會殺魚呢。」

「因為瑞穗人都喜歡吃魚。我覺得黛莉亞小姐的技術也很好。」

「畢竟我是賣魚的。」

兩人的年齡看起來有段差距，但感情非常好。

或許將來會結婚也不一定。

「順便買點魚乾回去吧，我想拿來當早餐。」

「感謝您一直以來的惠顧。」

「那兩個人……給你添麻煩了……」

我收下商品後，看著在店前面喝燒酒的兩個大叔向阿昌道歉，他們除了阿昌的新產品以外，居然還開始吃起了烤魷魚、魚骨煎餅和烤魚乾。

這兩個人是我帶來的，所以我也必須負一部分的責任。

「不，這給了我一個好靈感。」

「靈感？」

「是的。」

我這時候還不明白阿昌在說什麼，直到幾天後才明白是怎麼回事。

「老公，藤林乾貨店又擴大經營了。」

「擴大經營？」

「他們好像要開立飲形式的居酒屋。」

碰巧有事去鮑爾柏格的莉莎，告訴我乾貨店旁邊開了一間有賣酒和下酒菜的居酒屋。

「在這麼短的期間內不斷擴大經營，真的沒問題嗎？」

泰蕾絲擔心店的規模會不會擴張得太大，但立飲居酒屋在王都也是生意興隆。

而王都的店最早是由我提案，再另外讓別人經營。

「既然是藤林乾貨店開的立飲居酒屋，菜單應該不同吧。」

只要有做出專屬自己的特色，應該不會失敗。

何況還有坎蒂先生在。

「去看看狀況好了。」

「我也要去。」

因為這次會喝酒，所以我帶泰蕾絲、莉莎和亞美莉大嫂前往藤林乾貨店，那裡旁邊確實開了一間立飲居酒屋。

「鮑麥斯特伯爵大人，歡迎光臨。」

「歡迎光臨——」

乾貨店現在是交給來自瑞穗的男店員經營，阿昌在立飲居酒屋這裡為我們送上酒和下酒菜。

坎蒂先生也來這裡幫忙，他不管做什麼事都非常俐落。

不斷在增建的鮑爾柏格有許多勞工，店裡看起來十分熱鬧。

下酒菜和酒都是比較貴的瑞穗產品，但這同時也有防止客人喝太多、提升商品單價和減少惡劣醉漢的效果。

「阿昌真的很會做生意呢。」

「您過獎了。」

阿昌謙虛地回答，但我覺得很少有人的生意頭腦像他這麼好。

我的生意能夠成功都是多虧了前世的知識，而且我只有負責提案，沒有親自經營。

「有什麼推薦的商品嗎？」

「今天推薦點涼拌水菜和燉煮羊栖菜。」

點一道幾乎和日本料理一樣的下酒菜配酒啊。

感覺真是成熟……雖然加上前世，我的年齡確實不小了。

這種氣氛的店正好符合我的喜好。

「威德林，你在經歷各種歷練後，也變得能夠喜歡這種店了呢。」

「泰蕾絲也一樣吧？」

泰蕾絲其實才剛滿二十歲，但她曾經當過菲利浦公爵。

所以泰蕾絲、莉莎與亞美莉大嫂都被歸類為年長組。

「這裡的瑞穗酒還不錯呢。」

「這種用蔬菜和海藻做的料理感覺對健康很好。」

泰蕾絲津津有味地喝著瑞穗酒，亞美莉大嫂則是在涼拌水菜上加柴魚片與醬油享用。女性最有興趣的就是美容和減肥，所以很在意加了大量蔬菜和海藻的瑞穗料理。

「真好喝……」

莉莎直接喝沒有稀釋過的燒酒。

和之前與導師比酒量時一樣，她看起來完全不會喝醉。

「但這和乾貨店有關係嗎？」

「有喔。乾燥的羊栖菜和柴魚片都是乾貨店的商品。」

在我的前世，經常有魚店開魚料理店，或是肉店開牛排店與烤肉店。

所以就算乾貨店開立飲居酒屋賣用乾貨做的下酒菜也沒什麼好奇怪的……難不成阿昌其實也是來自其他世界的轉生者？

應該不可能吧。

「燉煮羊栖菜可以外帶喔。」

居酒屋提供的料理大部分都能夠外帶，偶爾也有不喝酒只是來買下酒菜的客人。

「加了蘿蔔乾絲、胡蘿蔔和油炸豆皮的燉煮料理、用山藥和鰻魚做的醋拌菜、梅煮蘿蔔兔肉、辣炒根菜、白味噌拌豆皮與小黃瓜、淺漬醬菜、辣燉蘑菇魷魚、炒蒟蒻蓮藕、味噌炒茄子、醋醃薤菜、涼拌油菜、昆布豆、醋拌土當歸、醃泡南方鱒、竹輪、手工炸物和炸魚漿、照燒鰤魚、醋煮沙丁魚、鯡魚卵、加了魚肉丸子的鮮魚味噌湯、鹽烤鯖魚、鰕虎魚和章魚的天婦羅、酒蒸蛤蜊、烏賊燉芋頭……真是豐富的菜單。」

「因為種類增加了，所以有一半是人家做的。」

坎蒂先生居然已經學會這麼多種瑞穗料理……

他真的只缺「真愛」而已。

「鮮魚則是跟黛莉亞小姐進貨。」

這些與其說是瑞穗料理，更像是京都的傳統家常菜。

為了壓低價格，除了黛莉亞的魚店以外，阿昌還另外進了許多本地食材自己料理。

真希望他是我的專屬廚師……

「好多料理都想外帶……」

我們四人一起點了些下酒菜，莉莎以外的人都只有喝一杯酒。

艾莉絲她們有幫我們準備晚餐，所以不可以吃太飽。

我們想順便外帶一些料理回去，但不曉得該點哪幾道。

我本來想用鮑麥斯特伯爵特權將每一種料理都買回去，但應該會吃不完。

雖然只要放進魔法袋裡就不會壞，不過這種料理就是會讓人想吃剛做好的，所以一次還是別買太多。

「每天買一種不同的料理回去就行了吧。不可以太貪心喔。」

「說得也是。」

這裡賣的料理大多能當成小菜，不僅能輕鬆地替餐桌加菜，也能拿來當成早餐。

「威德林，你真的是亞美莉的小叔呢。居然這麼聽她的話。」

「泰蕾絲，不可以把我這個鮑麥斯特伯爵當小孩喔。我好歹也知道不能一次買那麼多料理回去。」

「因為你只要扯到自己喜歡的東西就會突然變得孩子氣，所以本宮才以為你會想一次全部買下來。」

「我才不會那麼誇張，對吧，亞美莉大嫂？」

「對不起……其實我也是因為覺得你會那麼做才提醒你。」

「……」

泰蕾絲和亞美莉大嫂經常把我當成小孩子。

明明我覺得自己當爸爸後，變得比較有威嚴。

「莉莎，妳倒是從頭到尾都我行我素。」

「這個酒很好喝。」

「也只有莉莎能夠一口氣把這麼烈的酒整瓶喝光。這種酒的酒精含量可是和菲利浦公爵領地產的阿夸維特一樣啊……」

話雖如此，我記得莉莎曾經說過自己只是酒量好，但並沒有很愛喝酒……

「這個酒很好喝。」

「這是在瑞穗也相當有名的米燒酒，清爽的口感讓它獲得很高的評價。」

莉莎點頭接受阿昌的說明。

過去不愛喝酒的她，終於首次找到自己喜歡的酒。

「我要外帶一瓶回去。」

「謝謝惠顧。」

「你們也有賣酒嗎？」

「是的，雖然只有賣瑞穗酒，但相當暢銷。」

乾貨店、佃煮店、居酒屋、酒行、熟食店。

阿昌在短短的期間內就將店鋪的規模擴大到這種程度，讓我對他敬畏不已。

「他說之後還要開賣瑞穗茶和瑞穗點心的店。」

「又要開新店啊……徵得到員工嗎？」

「根據遙從大舅子那裡聽到的消息，因為這裡很賺錢，所以會派人過來支援。至於負責販售的店員則是會直接僱用本地人，而且競爭似乎相當激烈。」

「是嗎？」

「雖然待遇和一般的咖啡廳或商店差不多，但獨特的制服十分受歡迎。」

阿昌當店長的店又要擴大規模了。

招牌上依然是寫「藤林乾貨店」，但乾貨店已經只是其中一個部門。

現在比較像是專門販售各種瑞穗食品的小型綜合商店，甚至還有富人會專程從遠方搭魔導飛行船過來消費。

「感覺武臣先生並沒有派上什麼用場？」

「這種話只能在心裡想。而且那個人如果幫忙出意見可能會害店倒閉，這樣不是正好嗎？」

這麼說來，他只有一開始打招呼時有來過一次……

阿昌是他的親戚，所以他應該是那種把後續的事情全部託付給別人，自己只負責扛責任的類型吧？

「瑞穗的制服很受歡迎啊……」

「大部分的店員都是未婚女子，所以想靠特殊的制服宣傳自己吧。」

未婚女子當店員的其中一個理由，就是為了認識客人。

常客通常有穩定的收入，因此對希望未來丈夫經濟寬裕的女性來說是最好的目標。

熱門店的競爭相當激烈，而這種店的店員通常也都很可愛。

「藤林乾貨店的商品有點貴吧？」

「畢竟大多是進口商品。」

「制服也比較獨特，所以非常受那種女性的歡迎。」

藤林乾貨店的制服比其他店家的女僕裝或洋裝還要顯眼，因此特別受歡迎。

我去那裡買小菜時，也注意到那裡愈來愈多可愛的女店員……

「雖然有很多漂亮店員，但不知為何最受歡迎的還是阿昌。」

「這樣好像也不太好。」

鮑爾柏格的居民都知道阿昌是男生，但還是有許多男客人為了他上門光顧。

他們購物完後和阿昌稍微聊一下天，就滿足地踏上歸途。

阿昌是治癒系的偽娘啊……

「說到阿昌，威爾每次去買東西時也都很開心吧。」

「我純粹是為了購物。」

因為一天能吃的量有限，我經常猶豫該買什麼。

所以直接讓阿昌推薦才是最好的辦法。

「萬一傳出我對阿昌有意思的謠言怎麼辦。」

「感覺教會不會置之不理。」

說到這裡，魔導行動通訊機突然響了。

我連忙接通，發現來電者是霍恩海姆樞機主教。

「霍恩海姆樞機主教，有什麼急事嗎？」

選舉已經順利落幕，最近應該沒什麼公事。

該不會是又想來看腓特烈？

『孫女婿，老夫聽說你最近迷戀上男生？』

「什麼？」

『如果是女生倒沒什麼關係，但男生不行。畢竟你可是名譽祭司。』

我迷戀上男生？

明明我只是去阿昌的店買東西而已？

前不久才有人誤以為阿昌是女生，並傳出我在追求他的謠言，這次換懷疑我喜好男色啊……

這裡和我的前世不同，傳達情報的方法十分落後……但就連我的前世都會傳出可疑的傳聞和八卦……人的謠言真的很可怕。

「我說啊……」

最後我花了很長的時間才向霍恩海姆樞機主教解釋清楚自己不好男色。

『孫女婿十分引人注目。就不能少去哪間店嗎？』

「不行。」

如果不定期去，或許會錯過快閃活動。

『可是孫女婿……』

之後我花了很長的時間和霍恩海姆樞機主教議論到底該多久去一次藤林乾貨店。

真的是白白浪費魔導行動通訊機的魔力和時間。

「艾莉絲可是一點都沒有懷疑我。」

『既然艾莉絲什麼都沒說，那老夫也不好再多說什麼……但為什麼要這麼常去那間店？』
「因為那裡有很多好吃的東西。」
『這還真符合你的作風……』
我總不能說是因為前世的回憶，所以只好向霍恩海姆樞機主教說明自己喜歡那間店的商品。

＊　＊　＊

「這是紅燒金目鯛。今天的金目鯛是來自菲利浦公爵領地近海的高級品，油脂十分豐富。」

藤林乾貨店每天都在神祕地持續擴大。
雖然現在乾貨店占的比例已經大幅下降，但阿昌仍未更改店名。
身為店鋪所有者的武臣先生不會在意這種小事，以後應該也會一直這樣吧。
阿昌又增加了使用乾貨的料理和熟食的種類。
他將從黛莉亞的魚店批來的魚做成烤魚、燉魚、炸魚和天婦羅來賣。
另外也開始販賣各種魚漿，這些後來都成了熱門商品。
阿昌一個人能做的事情有限，店裡不知不覺多了許多瑞穗廚師。
我和艾莉絲也感情融洽地帶著鍋子來買「紅燒金目鯛」。

雖然好吃的熟食店讓我們買外食的頻率增加了，但沒有像前世那樣的塑膠容器還是很不方便。

我們都是自己帶空鍋和空盤來買，如果地球人看到這個景象，或許會稱讚這樣非常環保。

「鮑麥斯特伯爵大人，其實我最近結婚了。」

「咦！真的假的！」

最近店鋪規模急速擴大應該讓阿昌很忙才對，他到底是什麼時候找到對象的？

該不會他在瑞穗有未婚妻？

「真是突然呢。」

「我也這麼覺得，但這種事很看緣分。」

「這麼說也沒錯。願神祝福你們兩位的未來。」

「謝謝您，艾莉絲大人。」

「那麼，對象是誰？」

阿昌的結婚對象應該是個大美女……但反過來講也可能是個男人婆。

畢竟阿昌的外表非常女性化，這樣或許意外地能夠平衡。

難道是像坎蒂先生那樣的人？不對，雖然坎蒂先生的內心是女性，但身體確實是男性……

該不會……該不會真的是那樣？

「我的結婚對象是黛莉亞小姐。」

「說意外……好像也不怎麼意外。」

畢竟每天買魚時都會見面，兩人的店和住處也很近，某方面來說是必然的發展。

「我本來以為會是店裡的女孩子。」

「我沒有那個緣分呢。」

對在藤林乾貨店工作的女孩子們來說，阿昌確實是個很會賺錢的好男人，但他的外表比誰都可愛，廚藝又是專家等級，這樣或許反而容易被人敬而遠之。

就這層意義來說，黛莉亞每天都在保持一定距離的情況下和他見面，反而是件好事。

「這樣啊。恭喜你。我之後會送賀禮過來。」

「感謝您如此費心。」

雖然我也不介意出席婚禮，但我畢竟是領主。

羅德里希應該會要我少出席這種場合，以免被人看輕。

我是因為覺得喜宴的料理應該會很好吃才想出席……考慮到阿昌是武臣先生的親戚，就算去了也沒關係吧。

回家後再問問看好了。

「你們兩個都是店長，應該很辛苦吧。」

「關於這部分，黛莉亞的父親會幫忙從王都加派人手過來。相對地，他要求我們至少要生兩個孩子。」

雖然阿昌是武臣先生的親戚，但仍是受僱店長，就算他後來入贅黛莉亞的魚店也不奇怪。

他擁有專家等級的用刀技術，在魚店應該也能好好發揮。

但如果變成那樣，武臣先生就會失去藤林乾貨店這棵搖錢樹的名店長。

阿昌的能力確實強到隨時都能獨立創業，但他和武臣先生是從小就一起練刀的好朋友。

即使結婚他應該也不會馬上獨立，至少會等到藤林乾貨店變成連鎖店吧。

等變成連鎖店後，藤林乾貨店的生意將大為興隆，這樣批發瑞穗食材的武臣先生就能穩定獲利，阿昌也能順利獨立。

阿昌之後獨立創設的店家和黛莉亞的魚店都需要繼承人，這就是他們夫妻至少得生兩個小孩的原因。

如果這時候兩人都因為工作太忙而錯失生小孩的時機就不妙了，所以黛莉亞的父親才會派經驗豐富的店員過來魚店支援，讓他們能好好過新婚生活。

「幸好你們都還能繼續開店，不過這樣就成了姊弟戀呢。」

「咦？我的年紀比較大喔。」

「「咦咦！」」

黛莉亞的外表看起來大約是二十二三歲，而阿昌不管怎麼看年紀都和我差不多。我本來以為他的年紀一定比黛莉亞小，沒想到其實是他比較年長。

艾莉絲的想法似乎也和我一樣，忍不住跟我一起發出驚嘆。

「順便問一下，阿昌今年幾歲？」

「快二十三了，黛莉亞小姐是二十一吧。」

比起結婚的事情，我和艾莉絲更驚訝阿昌居然已經二十三歲了。

「阿昌的年齡嗎？確實是快要二十三歲了。他從小就經常和哥哥一起玩。」

我在吃晚餐時向遙確認阿昌的年齡，得知他真的快二十三歲了。

雖然我本來就不認為阿昌在說謊，但因為他曾說過想成為更有威嚴的男性，所以還是有謊報年齡的可能性，才保險確認一下。

「看來阿昌還要很久才會變成有威嚴的男性。」

艾爾說的沒錯，特別是他的外表怎麼看都是美少女。

再加上還是娃娃臉。

不過除了阿昌本人以外，也沒人希望他能變得有威嚴。

畢竟阿昌是個能治癒男客人的男人。

「阿昌有邀請我和遙去參加他的婚禮。」

「可惡，我也想去……」

「這很困難吧。」

即使是中意的商店店長之間的婚禮，如果讓我這個鮑麥斯特伯爵出席，還是會造成許多問題。

沒想到貴族的地位居然會限制我的行動……

「我突然想到一個主意，不如就讓住在鮑麥斯特伯爵領地的神祕冒險者威爾，去參加常去店家的店長婚禮如何？」

就像我前世在爺爺還很健康時，陪他一起看的時代劇那樣。

例如遊手好閒的人其實是政府官員，或貧窮武士的三男其實是將軍大人之類的。

只要用這招，我應該也能參加喜宴。

「不，威爾一定會馬上被認出來吧。」

「就是啊。應該很少有領民會不知道鮑麥斯特伯爵大人長什麼樣子。」

我想出的「微服出巡作戰」，在執行前就被艾爾和遙否決了。

「真要說起來，為什麼你這麼想參加啊？」

「當然是為了替兩人的婚禮獻上真心的祝福。」

黛莉亞賣的魚新鮮又美味，阿昌則是會用乾貨店的商品做出各種美食。

如果這兩個人結婚，我一定能吃到更加美味的料理。

所以我當然要去祝賀。

「你應該還有其他企圖吧？」

艾爾這傢伙居然察覺了我的另一個目的……

我認為那兩人的喜宴一定會端出特別美味的料理。

「你的目標是喜宴料理吧？」

「虧我這麼期待瑞穗料理和鮮魚料理……」

喜宴的料理通常都不怎麼樣，但那兩人都是開食材店，應該會為了宣傳做出特別精緻的料理。

吃不到那些料理可是人生的巨大損失！

「我願意包十人份的紅包。」

我是鮑麥斯特伯爵，所以該包的紅包絕對不會少。

「不，問題不是出在這裡……艾莉絲，快跟妳的笨蛋老公說明一下。」

「如果親愛的出席那兩人的婚禮，一定會變得喧賓奪主，讓大家非常緊張。就連新娘和新郎都無法倖免。」

「我是神祕冒險者威爾！」

我不是鮑麥斯特伯爵，只是會用一點魔法的冒險者。

「就說不可能騙得過人了。」

艾莉絲也不贊同我的想法。

可惡，就沒有什麼好方法嗎？

「艾莉絲也可以扮演神祕冒險者威爾的妻子一起參加喔。」

只要以夫妻的身分一起參加，應該能成為很好的掩護。

「夫妻一起去反而更顯眼吧……我也還算是個名人……」

雖然我有很多妻子，但艾莉絲在她們當中也算是最有名的一個。

神祕冒險者威爾的妻子這個設定行不通嗎……

「那個……要不要我叫阿昌幫各位保留幾份喜宴料理？為了順便宣傳，那天應該會招待許多客人，餐點也會做很多份。」

就在我煩惱想不出好主意時，遙提議可以直接請阿昌幫我們留菜。

原來如此，我沒想到還有這個方法。

「真是個好主意！艾爾，你應該要多跟人家學學……」

遙優秀地扮演了賢內助的角色，艾爾本人的表現卻差強人意。

明明艾爾應該也要能夠想到這點……

「這話聽起來真讓人不爽，威爾自己也沒想到吧，你的腦袋裡只剩下喜宴料理。」

「有什麼關係。只要喜宴料理好吃，就能讓大家留下美好的回憶。」

婚宴就是要吃著美味的餐點，祝福兩人的新生活。

如果餐點很難吃，就會只記得吃到難吃的東西。

「這是什麼歪理……算了。威爾，我們會幫你帶紅包，你就請他們把餐點送到家裡吧。」

「這樣也好。」

雖然不能出席婚禮，但只要能享用相同的餐點，我就不該繼續像個孩子般無理取鬧。

這時候就表現得成熟一點吧。

「話說不曉得能不能分到結婚蛋糕？」

赫爾穆特王國通常會在婚禮上端出結婚蛋糕。
雖然不會當著大家的面切蛋糕，但會準備夠所有賓客吃的蛋糕。
既然如此，如果我們吃不到蛋糕就太奇怪了。
「你是小孩子啊！放心吧，遙會好好轉告他。」

為了參加婚禮和喜宴，艾爾和遙換上正式服裝前往教會。
婚禮是在鮑爾柏格的教會舉行。
阿昌並非信徒，但瑞穗人的性情和日本人很像。
應該能順利地配合其他人。
「真期待餐點。」
「威爾，應該要先祝賀阿昌和黛莉亞結婚吧。」
「威爾，這又不是餐會……」
伊娜、露易絲和黛莉亞，都是曾被召喚魔法偷走內衣的同伴。
所以產生了同伴意識吧。
「當然，我也會好好祝福他們的新生活。」
不過如果有美味的餐點，我應該能做得更好。
就在我這麼想時，藤林乾貨店送來了大量餐點與作為甜點的蛋糕。

「跟我想的一樣！」

餐點包含了各式生魚片、鹽烤大鯛魚、天婦羅、螃蟹和鯛魚飯等豪華的瑞穗料理，就連赫爾穆特王國的料理都用了高級食材，每一道都非常美味。

對參加喜宴的賓客應該能產生很好的宣傳效果。

用大量巧克力與魔之森水果做成的蛋糕，也獲得了所有人的好評。

「威德林，如果你真的參加喜宴，或許會忙著應付客人，根本沒空吃飯喔。」

「所以像現在這樣真是太好了。」

我們在照顧小嬰兒的空檔，盡情地享用了豪華料理和甜點。

＊　＊　＊

「歡迎光臨。」

「哎呀？你已經回來工作啦？」

「是的，我們打算等店的狀況穩定下來後，再去度蜜月。」

阿昌和黛莉亞的婚禮順利落幕，但他們只休了三天假就回來工作。

黛莉亞將魚店的工作交給王都總店派來的資深店員打理，自己則是來熟食店這裡幫忙。

黛莉亞本來就會處理魚，所以立刻就能上工，她和阿昌一起開心地製作料理。

只是兩人看起來都是女性，一點都不像夫妻。

「黛莉亞很會處理魚呢。」

「我也這麼覺得。」

我曾經在魔導公會看過她解體從北方召喚來的海產。

原來如此，難怪她的老家會將一間分店交給她打理。

「之後又會變得很忙碌，幸好有黛莉亞幫忙。」

「嗯，坎蒂先生已經回王都了吧。」

坎蒂先生原本就是為了在王都販賣瑞穗食材和用那些食材開餐廳，才會來到這裡接受培訓。

現在培訓的課程已經結束，原本的服飾店也不能沒人管，所以他在兩人的婚禮結束後就立刻返回王都。

「因為少了坎蒂先生真的差很多，所以你才找黛莉亞過來幫忙吧。」

「雖然他是來接受培訓，但一下就成了店裡的主要戰力呢。」

畢竟坎蒂先生的廚藝不輸職業廚師。

就連對食物意外挑剔的導師，都對他讚不絕口。

「雖然不完全是因為這樣，但為了不輸給坎蒂先生，我想再開一間新的店。」

「你會不會在短期間內開太多店了？」

我知道阿昌很能幹，但這樣好像有點太心急了。

「我沒有打算再繼續擴展規模。而且新店幾乎不需要多花什麼工夫。」

「什麼意思？」

「呃，其實啊……」

阿昌的計畫是這樣的。

他底下目前已經有肉店、魚店、蔬果店、乾貨店、熟食店、餐廳、居酒屋和其他食品雜貨店。

為了讓顧客更加方便，他打算將各種店集合在一起……咦？這種經營型態不就是……

「（綜合超市的先驅嗎！）」

「不過在王都應該很難辦到。」

黛莉亞說的沒錯，在王都很難開像超市的店。

這是因為每種店都有公會嚴格捍衛他們的權利。

從這點來看，鮑爾柏格是位於各個公會的勢力尚未穩固的新興貴族領地內，所以只有在這裡能開那種店。

「原來如此，所以才急著開店啊。」

「早點開張可以省下很多麻煩。」

基於這樣的理由，阿昌在鮑麥斯特伯爵領地開了一間像超市的店。

因為所有需要的商品都集合在同一個地方，不必另外跑去其他店購物，所以吸引了許多客人，

就連跟阿昌承租店面的肉店和蔬果店都大受好評。

藤林乾貨店能以超市主人的身分收取租金，而這也成了後世在整個大陸都有分店的綜合食品店「藤林屋」的基礎。

「雖然搞不太清楚，但賺了很多錢呢。只要沒虧錢就好。」

只是藤林乾貨店的發展和老闆武臣先生一點關係也沒有。

艾爾覺得能把事情全都丟給別人處理的武臣先生，某方面來講也是個大人物。

第七話　人類是麵類（上）

「來，請用。還吃得下嗎？」

「沒問題。」

「那就再幫您續吧。」

因為現在是新蕎麥的季節，藤林乾貨店從瑞穗找來蕎麥麵師傅臨時開了一間蕎麥麵店。

阿昌的店裡有一個用來辦活動的空間，他之後好像打算找壽司師傅過來，還有舉辦搗麻糬大會，我絕對不能錯過這些活動。

今天是店家的公休日，阿昌帶著蕎麥麵師傅們來鮑麥斯特伯爵官邸替我們做蕎麥麵。

我是領主兼常客中的常客，所以偶爾可以提出一些任性的要求。

只有這點讓我覺得當貴族真是太好了。

在阿昌擴大經營時，我有以領主的身分提供一些程序上的協助，這也算是一種回禮。

阿昌帶來的蕎麥麵師傅不斷忙著製麵和煮麵。

不僅有湯麵和沾麵能夠自由選擇，師傅們還另外炸了天婦羅。

除此之外，阿昌還提供了平常在店裡賣的熟食給我們當配菜。
雖然這在我的前世不算什麼，但在這個世界算是相當奢侈。
「導師的食量還是一樣大呢。」
「他吃下去的東西到底都跑到哪裡了？」
我今天也招待了布蘭塔克先生和導師，而導師已經吃了三十碗以上的蕎麥麵。
他似乎喜歡上蕎麥沾麵，每一兩分鐘就吃完一盤。
師傅們因此忙碌個不停，艾爾和布蘭塔克先生也對導師旺盛的食慾感到傻眼。
「唉，雖然還是比不上薇爾瑪……」
沒錯，我家還有薇爾瑪在。
薇爾瑪在生產之前食慾有稍微減弱……雖然還是很厲害……但現在已經徹底恢復。
她也不斷續麵，讓師傅們忙上加忙。
「薇爾瑪，好吃嗎？」
「好吃。」
「蕎麥麵果然好吃。」
「威爾大人這麼喜歡蕎麥麵嗎？」
「我喜歡這種吃法。」
「我也是。」

雖然大陸各地都有種蕎麥，但只有瑞穗公爵領地是採用日本的吃法。

除此之外，蕎麥也能加進粥裡，或是做成義大利麵和可麗餅。蕎麥在貧瘠的土地也能種，常被當成稻米或小麥的替代品。

日本的許多蕎麥產地也都是難以種稻的土地。

我想起前世曾透過工作認識一個喜歡蕎麥麵的社長，他告訴我「愈是有名的蕎麥產地，就表示那地方以前愈窮，但講這種話會惹當地人生氣」。

「導師，你不用勉強和薇爾瑪競爭。」

「不管怎麼看都沒有勝算吧。」

雖然導師也很會吃，但終究是在常識的範圍內……好像也不是這樣。

薇爾瑪是因為天生就患有英雄症候群，無論導師再怎麼努力，都不可能吃得比她多。

「這些師傅之後就會回去，但店裡會賣乾麵和濃縮湯頭，還請多加關照。」

等大家都吃飽後，阿昌自然地開始宣傳。

我之前有在瑞穗購買乾麵和濃縮湯頭，但差不多快用完了。

本來還在想要不要回去買，真是太剛好了。

儘管比不上現做的麵條，但乾麵比較好煮又適合保存。

除了一般的蕎麥麵以外，阿昌的店還會賣抹茶蕎麥麵和加了布海苔的木盤蕎麥，真是令人期待。

瑞穗公爵領地真的有許多地方和日本很像。

「蕎麥麵哪裡都能做，過不久或許就會出現賣瑞穗式蕎麥麵的店也不一定。」

「確實有這個可能。」

只要好好練習，意外地很快就能學會如何製作蕎麥麵。

在我的前世，也有專門開給退休老人上的蕎麥麵課程。

在鄉下也有很多擅長製作蕎麥麵和烏龍麵的老太太。

烏龍麵也很好吃，下次就請人來做烏龍麵好了。

「之前休假時，我和黛莉亞一起去餐廳吃飯，然後遇到一個很會做義大利麵的師傅。」

夫妻一起在假日約會啊。

雖然他們看起來比較像兩個女性一起外出，但夫妻感情融洽是件好事。

「是羅雷克的店吧？那裡的義大利麵很好吃。」

赫爾穆特王國最常吃的麵食就是義大利麵。

在土地貧瘠的地方也有用雜糧或蕎麥製作的義大利麵，如果原本就很會做義大利麵，稍微練習後應該也能做出蕎麥麵。

「我們和他成了好朋友，之後會教他怎麼做蕎麥麵。」

「這樣沒關係嗎？」

製作蕎麥麵的技術可以這麼隨便就外傳嗎？

在這個世界只要獨占技術就能賺錢，照理說應該不能隨便教人。

「雖然在赫爾穆特王國也能做蕎麥麵，但湯頭需要的昆布和柴魚片都是由瑞穗獨占。」

等瑞穗式蕎麥麵普及後，藤林乾貨店就能靠醬油、柴魚片和昆布等湯頭原料大賺一筆。

在賣人情的同時也能讓自己賺錢。

阿昌果然很會做生意。

「我提議開發新口味的義大利麵時，他也很有興趣。」

這表示羅雷克的店之後也會賣瑞穗風格的義大利麵。

可能會用昆布、乾香菇、醬油、明太子、納豆和紫蘇當配料吧。

用海膽、鮭魚卵、鮑魚和鮭魚做的海鮮義大利麵也不錯。

真令人期待。

如果這些料理受到歡迎，批發食材的阿昌也能跟著賺錢。

可以說是雙贏關係。

阿昌果然比我有生意頭腦。

「只要有乾麵，就能開立食店或攤販。再順便賣天婦羅和飯糰就能成為一門好生意。」

居然能預想到這種程度，該說真不愧是阿昌嗎？

「等乾麵的需求量增加後，就停止從瑞穗進口改在本地製造，這樣就能壓低價格，也可以和高級的瑞穗產品做出區別。說到這個，我有件事情想拜託鮑麥斯特伯爵大人……」

「你儘管說吧。」

阿昌為我提供了許多美食。

幫他一點忙是沒什麼問題……但絕對不是因為他長得可愛。

「王都的飲食文化最近正在急速進化吧？」

「好像是這樣沒錯。」

據跟我一起做生意的艾戴里歐先生所言，除了我之前利用前世知識普及的醬油、味噌、大量調味料和新料理以外，現在又加上了瑞穗文化與食品，讓王都的餐飲店展開了激烈競爭。

艾戴里歐先生經營的店目前還算順利，但人生有許多事情無法預料。

我前世的公司社長曾在對職員們訓話時說過：「當事情都進展順利時，其實可能是正要開始走下坡」，雖然這也是讓我們的薪水一直沒漲的原因……

「我想調查王都的餐廳。」

「也就是市場調查吧。」

一間餐廳要開得久並不容易。

在我的前世，七成以上的店在開店後的五年內就會倒閉。

即使是電視報導「客人絡繹不絕」的店，也可能馬上就倒閉，開餐廳就是這麼困難。

「希望鮑麥斯特伯爵大人能用魔法帶我去王都。」

「好啊，反正我也想去看看王都的餐廳。」

「非常感謝。」

我一答應，阿昌就滿臉笑容地向我道謝。

他還是一樣可愛，讓我有點小鹿亂撞。他果然不管怎麼看都是美少女。

「威爾好像很喜歡阿昌。」

「這種說法會招人誤會吧……」

「真的是誤會嗎？」

「當然是誤會。」

露易絲像是看穿我的心情般露出若有所思的表情，害我拚命否認。

不過其實我自己也愈來愈沒有自信……不對，我很確定是這樣！

就這樣，我們決定和阿昌一起前往王都。

＊　＊　＊

「那就出發吧。」

「好的。」

幾天後，我們前往王都視察餐廳。

表面上的名義是「為了讓鮑麥斯特伯爵領地的飲食產業能進一步發展所做的視察」。

我現在是伯爵，如果只是去逛各個餐廳，羅德里希一定不會同意。

政府官員不也會以視察為名義，用稅金去國外旅行嗎？
只要有正當的理由，就算趁機玩樂一下也沒關係。
雖然開發的工作很忙，但我為了這個行程拚命加班。
與我們同行的阿昌還沒和黛莉亞去蜜月旅行，所以也會帶她一起去。
我們預定會花三天視察，中間也預定會去黛莉亞在王都的老家拜訪。
「親愛的，我們好久沒出門了，真令人期待呢。」
「是啊。」
雖說是視察，但大部分的行程都是遊玩，我有點煩惱該帶誰一起去，但首先確定的人選就是艾莉絲。
艾莉絲是鮑麥斯特伯爵家的正妻，平常比其他人都還要辛苦。
「我也想和遙一起去……但應該沒辦法。」
第二個人就是我的護衛艾爾。
「試吃就交給我吧。」
第三個人是公平地靠抽籤決定，而薇爾瑪在這種時候籤運都特別好。
「雖然挑選衣服很麻煩，但我喜歡吃東西。」
第四個名額，則是由籤運同樣不錯的卡琪雅拿下。
「我也一樣。但我會做的料理種類不多，或許幫不了什麼忙。」

「以前在預備校組隊時，我明明是運氣最好的人……幸好這次勉強過關。」

亞美莉大嫂和露易絲抽到最後的兩支籤，這樣同行的成員就確定了。

「老公不在的期間，開發的事情就交給我吧。」

「莉莎真有幹勁。沒辦法，本宮也按照莉莎的指示工作吧。下次要找時間帶本宮和莉莎一起出門喔。」

「我一定會補償妳們。」

我不在的時候，負責看家的伊娜和卡特琳娜會和遙一起照顧孩子，莉莎和泰蕾絲則是要用魔法進行土木工程。

這是因為利用土木魔法進行修練的艾格妮絲她們，也要跟我們一起去王都。

「老師，謝謝你。」

「我也想去探望哥哥。」

「好期待和老師一起出門。」

三人平常都非常努力，所以偶爾也得讓她們放假。

畢竟多虧了艾格妮絲她們，鮑麥斯特伯爵領地的開發進行得非常順利。

「貝緹，妳擔心哥哥嗎？」

「哥哥只要沒人盯著就會偷懶，偶爾要去警告他一下。」

話雖如此，貝緹真的是個關心哥哥的溫柔少女。

她很擔心哥哥的事業經營得如何。

「他的夫人非常可靠，而且一直有在還錢，所以應該沒問題吧。」

「要是這樣就好了……」

「那就去確認看看吧……」

「拜託你了，老師。」

於是，我們一行人用「瞬間移動」前往王都。

＊　＊　＊

「你們真準時！」

「嚇我一跳！準時不是很好嗎？」

用「瞬間移動」飛到王都後，我們在視察前先和導師見面。

因為他明明是貴族，卻非常喜歡平民的食物，會定期探索新的餐廳。

他對王都的餐廳（僅限便宜的店）相當熟悉，所以我們拜託他一起同行。

「在下想快點去吃東西！畢竟早上只吃了一條吐司！」

「我覺得吃那些就很夠了……」

艾爾輕聲嘟囔，導師和薇爾瑪以外的人也都一齊點頭。

「只吃那些東西，確實會精神不濟。」

「對吧？」

當然，薇爾瑪是例外，她每天早上都會吃三條吐司。

「因為聽說今天要到處吃東西，我今天早上特地吃了五條吐司把胃撐大。如果沒吃早餐，胃的消化狀況會不好，這樣最終能吃的量反而會減少，讓肚子餓到沒精神。」

「原來可以像這樣增加食量啊！」

薇爾瑪和導師的對話實在太奇怪了。

不如說薇爾瑪簡直就像我前世的那些大胃王。

「舅舅今天要幫我們介紹餐廳嗎？」

「鮑麥斯特伯爵對王都地區的庶民飲食文化帶來許多影響，雖然這次的行程有一半算是玩樂，但在下打算帶你們去看看實際案例！跟在下走吧！」

導師非常熱愛庶民美食。

他年輕時當過冒險者，並因此喜歡上開在偏遠地區的酒吧與餐廳的餐點。

然而他現在是子爵家的當家兼王宮首席魔導師，所以平常都是吃符合貴族身分的料理……雖然這不太符合我對他的印象，但他似乎還滿注意這方面的事。

「鮑麥斯特伯爵，快點走吧！」

「其實我們還有一個同伴沒來。」

因為還有一個參加者沒到，我請導師稍等一下。

「遲到了嗎？真是個不會看氣氛的傢伙！」

「是嗎？時間還沒到吧，小壯。」

「提早五分鐘到是基本原則……坎蒂大人？」

「小壯，好久不見——哎呀，你還記得人家教你的事情啊。」

「當然……鮑麥斯特伯爵？」

導師，拜託你別偷偷摸摸地對我露出像在說「為什麼坎蒂先生在這裡？」的表情。

我本來沒有這樣的計畫，但阿昌和他是朋友，坎蒂先生本人也想透過這個行程獲得和將來創業有關的資訊。

「坎蒂先生，你最近過得好嗎？」

「哎呀，艾莉絲今天也很漂亮呢。」

「艾莉絲……認識坎蒂大人？」

「舅舅，其實我這身衣服就是坎蒂先生幫我搭配的。他廚藝也很好，我們現在已經是朋友了。」

「什麼！」

坎蒂先生對女性很溫柔，他待在鮑爾柏格的短暫期間，已經跟我的所有妻子都成了朋友。

甚至就連一些女僕都跟他相處得很好。

雖然從外表看不太出來，但坎蒂先生的溝通能力真的很優秀。

「舅舅，你很驚訝嗎？」

「……不，在下其實不怎麼驚訝……」

導師是擔心坎蒂先生會把他年輕時的事蹟告訴艾莉絲吧。

這樣會害他身為舅舅的威嚴蕩然無存。

先不管導師原本有沒有威嚴，至少他很有魄力倒是真的。

「時間不多，我們快點出發吧。」

「好的……」

導師乖乖聽從坎蒂先生的指示。

他在坎蒂先生面前果然完全抬不起頭。

「這地區看起來真危險。」

導師帶我們來到窮人居住的貧民窟。

包含導師在內，我們這些貴族和這裡可說是相當不搭調，所有人都遠遠觀望我們，艾爾也毫不鬆懈地警戒周圍。

但這只是以防萬一。

「畢竟應該不會有人想搶導師的錢或綁架他。」

「只是保險起見。」

露易絲和卡琪雅都是厲害的冒險者，她們若無其事地保護著艾莉絲和亞美莉大嫂。

大家果然都不會因此掉以輕心。

黛莉亞則是有阿昌保護，所以不需要擔心。

阿昌的實力獲得武臣先生的認同，絕對是找他碴的人會比較倒楣。

「那位小姐長得真可愛。」

「要不是她有同伴，我就過去搭話了……」

「和我家那個沒用老婆真是天差地遠。」

貧民窟的居民們從遠處觀望我們，偷偷對漂亮的女性成員們品頭論足。

最受歡迎的果然是阿昌。

他是外表可愛的瑞穗人，在王國顯得特別顯眼。

「（感覺真複雜，應該是我比較可愛。）」

「（這不是有小孩的人該說的話吧……）」

「（哼！）」

「呃啊！」

艾爾又開始多嘴，在吃了露易絲的肘擊後發出怪聲。

「（我明明是昌先生的妻子……）」

「（明明是妻子，卻有個漂亮又可愛的老公啊……）」

「（露易絲大人，這種評價一點都不讓人高興……）」

「（但妳直接用名字稱呼他，表示你們感情很好吧。）」

「（唉，畢竟我們是夫妻。）」

露易絲和黛莉亞小聲討論著吸引最多男性目光的阿昌。

「老師，來這裡沒關係嗎？我的父母都說不可以進來貧民窟……」

「我哥哥也這麼說。」

「聽說會被綁架。」

「通常是這樣沒錯，但今天不用擔心。不要離我太遠喔。」

「「「好的——我們絕對不會離開老師！」」」

「突然變得有精神了。」

我的三個弟子是第一次來貧民窟，所以表情充滿憂慮，但我告訴她們不用擔心。

偶爾會有從鄉下來的人誤入此處，然後被那些素行不良的傢伙搶劫。

但恐嚇導師根本就是自找死路。

即使他們真的順利得手，危害王宮首席魔導師最重也可能會被判處死刑。

沒有人會想做這種高風險又沒賺頭的事情，因此我們在這裡可說是暢行無阻。

「我們到了。」

「是內臟料理店啊。」

「沒錯。黛莉亞有吃過嗎？」

「有吃過幾次。店裡的員工有買串燒回來吃過，殺魚時剩下的魚雜也經常被做成員工餐，有時候還會拿去跟認識的肉店換內臟料理，算是相當習慣了。」

原來如此，魚店的魚雜是只有相關人士吃得到的特殊料理啊。

這讓我也開始想喝鮮魚湯了。

加味噌和酒粕一起煮會很好喝，之後再拜託阿昌幫忙做吧。

「大爺，歡迎光臨。您今天帶了很多人呢。」

已過中年的老闆在看見我們後顯得有些吃驚，但還是正常地與導師對話。

看來導師是常客，老闆也已經認識他。

「隨便上幾道菜過來！在下今天要喝酒！」

現在這時間客人還不多，我們坐在店內深處的座位等待料理上桌。

「是內臟料理啊。」

「你不喜歡嗎？」

「沒這回事。」

鮑麥斯特伯爵領地剛成立時，我經常去阿爾諾的攤子吃內臟料理。

他的串燒和燉內臟特別好吃，而且也馬上就開始學習使用醬油和味噌，所以工程人員們都對他的料理讚不絕口。

其中一道將各種內臟和味噌一起煮到軟嫩的料理更是極品。

不論拿來當下酒菜、夾麵包還是配飯都非常美味。

阿爾諾一開始是做攤販生意，但現在已經在鮑爾柏格開了好幾間居酒屋。

雖然有許多人都因為盯上了鮑麥斯特伯爵領地的開發商機而湧入鮑爾柏格，但阿爾諾用和別人截然不同的方法獲得了成功。

「舅舅，這間店感覺不錯呢。」

「對吧？」

「都沒有腥味呢。」

艾莉絲也發現這裡是間好店。

收入不高的平民如果想吃肉，通常只能仰賴原本應該被丟棄的動物或魔物的內臟。

雖然內臟價格低廉，但如果沒好好處理就會有腥味。

貧民窟有許多餐廳都充滿了這種討厭的味道。

不過因為價格便宜，還是會有不挑食的人上門光顧。

然而這間店沒有內臟的腥味，這證明店家調理前有好好處理食材。

「讓各位久等了。」

在我們聊天的期間，老闆和老闆娘端了內臟料理過來。

他們還替導師上了一大杯看起來酒精濃度很高的酒。

「導師，今天的行程跟酒無關吧？」

「這只是用來激勵士氣！不用太在意！」

導師一如往常地直接忽視艾爾的意見。

「小壯，只能喝一杯喔。」

「知道了……」

但坎蒂先生一警告他不能續杯，導師就安分地聽話了。

「這個真好吃，味道也很溫和。」

「是啊，完全沒有腥味。我的老家是鄉下，狩獵完後也會像這樣燉煮獵物的內臟，但無論如何都還是會有腥味。」

艾莉絲和搬來鮑麥斯特伯爵官邸後做菜機會變多的亞美莉大嫂，都非常喜歡這道內臟料理。

「裡面加了好多各式各樣的內臟呢。」

「實在很好吃，感覺肚子又更餓了。」

卡琪雅也很中意這道菜，薇爾瑪則是立刻要求再來一份。

「只靠鹽和少許香草就能做出這種味道，真是太厲害了。」

「老闆花了很多工夫讓味道變好。」

導師喝著大杯蒸餾酒向我說明。

雖然應該沒必要喝酒，但反正說了他也不會聽，所以大家都視而不見。
「再來一杯！」
「哎呀，不行喔。」
「知道了……」
導師本來想趁亂再點一杯酒，但被坎蒂先生阻止了。
「小壯，這招對人家沒用。你真的從以前開始就一點都沒變呢。」
看來導師以前也曾因為喝太多酒，而被坎蒂先生勸導。
「舅舅，坎蒂先生說的沒錯。」
「小壯，喝太多酒容易誤事。」
「（嗚嗚……艾莉絲和坎蒂大人的組合實在太難應付了……）」
這感覺就像同時面對兩個母親一樣，難怪導師會覺得棘手。
「咳，這間店在這一帶算是比較貴的內臟料理店。不過因為非常好吃，生意還是很好。」
隨著逐漸接近中午，上門的客人也愈來愈多。
大家在看見我們時都嚇了一跳，但還是立刻點餐專心用餐。
我們不是藝人，所以當然不會有人過來搭話、要簽名或要求拍照。
「這間店是用大鍋子熬煮內臟！」
導師看向廚房的方向，那裡有三個正在冒煙的大鍋子。

「是因為要有三個才來得及出餐嗎?」

「不,是最近才突然變成三個。」

「為什麼?」

「關於這部分……老闆!」

「來了——」

老闆回應導師的呼喚,端著新加的鍋子過來。

仔細一看,裡面的燉內臟顏色不太一樣。

「這是味噌口味和醬油口味。」

「這間店在增加內臟料理的種類後,客人又變得更多!雖然味噌口味和醬油口味比較貴一點,但還是賣得很好!」

原來如此,不只是鮑麥斯特伯爵領地,就連王都的貧民窟餐廳都開始使用味噌和醬油了。

每間店都下足工夫,要和其他店競爭。

「老闆,把那個拿過來!」

「好的——」

導師好像真的很常來。

他只是稍微提一下,老闆就知道他要的是什麼。

老闆拿了一個像炭爐的料理工具放在桌上。

然後將原本浸在某種調味料裡的內臟盛在盤子上端過來。

「這道菜有點貴，但相當受歡迎。」

導師以熟練的動作將內臟放到網子上烤。

「我也來幫忙。」

「艾爾文少年，這些內臟分別經過鹽巴、味噌、醬油和調味料醃製！不能混在一起烤！」

「真是講究……」

導師化身烤內臟指揮官，在烤內臟的同時對艾爾下達嚴格的指示。

「烤這種大腸時，要讓多餘的油脂往下滴，這樣醬汁在被炭火燒過後就會散發出香味。」

這讓我想起前世偶爾會去的烤肉店。

鮑麥斯特伯爵家平常也會烤肉，但這種平民風格的烤內臟看起來也很美味。

「烤過後像這樣放進嘴裡。好吃！在品嚐味道的同時，用酒將嘴裡剩下的鹽、味噌和醬油的味道沖進喉嚨裡！這就是最棒的吃法！」

雖然這感覺就是個酒醉大叔的發言，但我也在心裡表示贊同。

這種料理和貴族不搭，但確實很美味。

「這讓我想起之前在野外烤肉的事情。」

艾莉絲也津津有味地吃著烤內臟。

她不愧是受過良好的貴族教育，一舉一動在這間店裡都顯得非常突兀。

不過艾莉絲也曾跟我們一起以冒險者的身分活動，所以能夠接受這種料理。她也很擅長將這種料理改良得更加精緻。

在品嚐到華而不實的料理時，則是會貫徹圓滑的態度，避免冒犯別人。

「看來味噌和醬油比想像中還要普及。聽說這些都是鮑麥斯特伯爵大人開發的？」

「是啊，我以前碰巧在布雷希柏格找到和瑞穗有關的書，上面記載了關於味噌和醬油的資訊。」

這當然都是謊言。

即使阿昌再怎麼惹人憐愛，也不能讓他知道我的真實身分。

讓他認為是孤僻的我自己參考古老書籍試做會比較方便。

「因為都是靠魔法製作，費了我很大的工夫呢。」

「整體的味道非常一致，我覺得是很棒的味噌。」

「很普通啦。」

「相對地也不會被限制用途，這樣反而是個優點。」

我覺得自己的味噌完全比不上瑞穗產的味噌，但也不討厭被阿昌誇獎。

果然被美少女稱讚……不對！才不是這樣！

「好處是最後變得能夠量產有一定水準的味噌和醬油。」

「只要持續累積經驗，品質就會逐漸提升。但味噌和醬油在瑞穗的歷史都非常悠久，想趕上我們並不容易。」

考慮到兩地之間的距離，即使當成中級品販售也沒什麼利潤，所以瑞穗的產品自然會被當成高級品賣給王國的富裕階層。

聽說帝國實際上也是相同的狀況。

「唉，大概就是這種感覺！那麼，去下一間店吧。」

大致吃過一輪後，導師滿足地找老闆結帳。

看來他這一餐打算請客。

雖然我們都只有稍微試吃，但人數很多又包含了一個薇爾瑪，帳單的金額應該不小……但應該不算什麼吧。

或許是我尚未擺脫前世的貧窮習性，我前世只要看到超過一萬圓的帳單就會覺得很貴。

「餐點很好吃，相當有參考價值呢。如果是昌先生，會怎麼改良那道燉內臟料理？」

離開店內從貧民窟前往市民區時，喜歡料理的艾莉絲向同樣擅長料理的阿昌如此問道。

生完小孩後依然是個美少女的艾莉絲，和瑞穗風格的美少女阿昌走在一起的畫面真是養眼……不對，阿昌是男的。

「以味噌為基底，加入芋頭、白蘿蔔、胡蘿蔔、蒟蒻、豆腐、蘑菇和生薑一起熬煮或許還不錯。」

「感覺會很好吃呢。」

艾莉絲和阿昌熱烈地討論料理的話題。

話說回來，真想早點吃到那種內臟料理呢。

「阿昌，別忘了在那道菜裡加七味粉和蔥。」
「鮑麥斯特伯爵大人果然厲害。」
我果然還是不討厭被阿昌誇獎。

＊＊＊

「老師，哥哥居然沒有得意忘形，將生意經營得很好耶。」
「貝緹，妳這樣講會不會有點太狠了？」
「但哥哥總是馬上就會得意忘形……」
「威爾，她的哥哥還是一樣毫無信用呢。」
貝緹哥哥的店曾經找我當過顧問，現在生意已經順利變好。
不如說客人甚至比以前還要多。
考慮到現在是中午，客人確實明顯增加了。
「他好像很忙，等午餐時段結束後再去找他吧。」
「說得也是。」
我們在其他地方消磨了約一個小時後，貝緹哥哥跑來向我們搭話。

「啊！這不是鮑麥斯特伯爵大人嗎？我欠您的錢應該能順利在期限之前償還。」

「生意看起來不錯呢。」

「因為我有好好研究，開發新的菜單。」

貝緹哥哥有好好經營店面。

他僱用了新店員，營業額也大有成長。

「但哥哥馬上就會得意忘形。」

「貝緹，我有好好在努力啦。」

「原來如此，想取回失去的信用真的不容易呢！」

「怎麼這樣……」

導師的殘酷發言，讓貝緹哥哥沮喪地垂下肩膀。

「小壯年輕時也幹過不少蠢事，讓自己的信用一落千丈呢。像是徹夜喝酒後直接去見委託人，在那裡吐得稀里嘩啦……」

「坎蒂大人，在下才沒有做過那種事！」

這個人以前到底都在搞什麼啊……未免也太放縱自己了。

「總而言之，只要你沒有得意忘形到荒廢生意就好。」

「因為有蘿莎在……」

雖然剛才被人講得很難聽，但貝緹的哥哥是真的有料理方面的才能。

他偶爾會毫無計畫地亂來，不過只要有能約束他的人——也就是他的妻子蘿莎小姐在——就不需要擔心。

貝緹的哥哥就是那種要被老婆管才有辦法做好生意的人。

「新菜單嗎？」

「是的，夫人。這間店的午餐是採薄利多銷的策略，晚上則是主打單品料理，讓客人能夠好好品嚐其中的滋味。我們的人氣商品是用腱肉和內臟熬煮出來的燉菜，但最近也開始賣義大利麵。請各位試吃看看。」

貝緹哥哥在向艾莉絲說明的同時，快速準備了一份義大利麵。

在普通的義大利麵上，淋了加入肉塊與內臟一起熬煮的番茄醬。

換句話說就是內臟版的肉醬義大利麵。

試吃過後，我發現跟想像中的一樣美味。

「也有加了味噌和醬油的義大利麵。」

貝緹哥哥接著端出來的義大利麵上，加了用絞肉、味噌和其他材料熬煮而成的配料。

看起來是介於義大利麵和炸醬麵之間的料理。

醬油口味的那道則是加了洋蔥和蘑菇，看得出來經過相當紮實的研究。

居然能自行設計出這些料理，看來他的廚藝確實有所提升。

「旁邊會再附上沙拉，這樣一共賣七分。如果麵要增量就再加一分，另外也可以加點晚上賣的炸雞塊和炸物，這部分也是一個一分。」

我在心裡感嘆貝緹哥哥真的愈來愈會做生意了。

「蘿莎說這樣賣會比較好。」

「原來如此……」

真遺憾，看來有才能的人是他的妻子。

「這麼說來，怎麼今天沒看到你的夫人？」

「她在新開的店那裡。」

「這樣啊……」

居然在這麼短的期間內又開了一家新店，看來蘿莎真的很有做生意的才能。

「老師，只要有蘿莎姊在就不用擔心了。」

雖然我早有預感，但比起親生哥哥，貝緹更加信賴自己的大嫂。

「貝緹！明明我也很努力！」

不出所料，貝緹的態度讓她的哥哥欲哭無淚。

「嗯，過去的罪孽果然沒那麼容易消除，這就是所謂的因果報應。」

「就是啊。」

「……」

「怎麼這樣……」

導師毫不留情的一句話，讓貝緹哥哥再次陷入沮喪，但導師以前也是他的同類，這表示他之後也會隨著歲月成長吧？

話說回來，如果導師現在已經比以前圓滑，那他年輕的時候到底……還是別想太多比較好。

「鮑麥斯特伯爵大人，包含貝緹的事情在內，真的非常感謝您對我們的多方關照。」

之後我們去了貝緹哥哥說的新店，那裡的店長蘿莎小姐彬彬有禮地接待我們。

她細心的舉動，讓我體認到她老公的生意完全是靠她才穩定下來。

「蘿莎姊，不好意思哥哥總是給妳添麻煩。」

「放心吧，他最近很認真在研究料理。」

「如果他又做了什麼蠢事，妳可以對他嚴厲一點沒關係。」

「我當然會嚴厲地對付他。」

一部分是因為兩人原本就認識，貝緹和蘿莎的感情相當好。

多虧哥哥有些不成器，才讓妻子和小姑相處得十分融洽，命運真是諷刺。

「聽說這是你們新開的店。」

「這間店主要是賣我丈夫設計的麵食，也有很多副食可以選擇。」

這個世界沒有拉麵，但有許多種麵料理。

有湯的麵做起來相當費工，沒湯的義大利麵不僅可以較快出餐，還能夠期待翻桌率。

實際上就算現在已經過了午餐時間，蘿莎小姐的店依然生意興隆。

「如果肚子不怎麼餓，也可以只點半份。」

「咦？這個和粉麵好像……」

「這類似改良版的粉麵。」

「亞美莉大嫂，妳知道粉麵啊。」

粉麵是這塊大陸的平民常吃的一種麵食。

這種料理從很久以前就存在，作法是將炒過的碎肉與蔬菜放在比義大利麵略粗的麵條上。

通常麵量只有普通一人份的一半，價格則是一碗二～三分，許多人都是把這當成拿來墊肚子的輕食。

「我以前住的領地根本沒什麼店，但有一間賣粉麵的餐館。當哥哥靠打獵獲得額外收入時，偶爾會請我吃這種麵。」

「喔，原來還有過這種事。」

「但粉麵正面臨苦戰吧？」

「夫人說的沒錯。王都目前正在開發各種新的麵食。雖然粉麵店也有嘗試推出新菜色，但有些店還是因為敵不過新店而倒閉。」

粉麵的原型是某種從幾千年前就存在的麵料理。

而一直倚靠傳統的結果，就是許多店都跟不上最近新料理潮流而倒閉。

蘿莎小姐認為這個趨勢仍會繼續持續下去。

「像我們這樣的新店，如果不定期開發新菜單會很難生存下去。所以我才會一直催促丈夫。他的廚藝和設計新菜單的能力都很強，只是不太會做生意。」

而蘿莎小姐成功幫他填補了這個部分。

「請放心，我們還是會按照計畫好好還錢。」

「居然能在按期還錢的同時另外開一間新店，真是了不起。」

艾爾也對蘿莎小姐的商業才能感到佩服。

「原來粉麵已經式微啦，我最近確實是都沒吃過。」

「我也不怎麼喜歡粉麵，所以不會特別去吃。」

其實我的意見也和露易絲一樣。

粉麵對我來說就是一種雖然不討厭，但也沒特別喜歡的食物。

「我最近也都沒吃。」

薇爾瑪表示她最近也完全沒吃過粉麵。

鮑爾柏格應該沒有粉麵店，我們也不會特別想吃。

我想起以前在王都和導師修行時，曾經在回程時跟他去過幾次粉麵店。

「鮑麥斯特伯爵，那間店就在這附近。」

「好像是這樣呢。」

「在下對這附近的街景有印象。」
導師的話激起了我的回憶。
我、導師和露易絲以前一起去的粉麵老店就開在附近。
當時導師還報名過好幾次大胃王挑戰，但還是贏不了那間店的冠軍……咦？
「冠軍？」
「我就是冠軍。」
所有人一齊看向薇爾瑪。
因為很少有人的食量能贏過導師，如果冠軍是薇爾瑪就很合理。
「薇爾瑪最近也都沒去那間店吧？」
「一來是沒時間去，二來是和威爾大人一起去的店比較好吃。」
看來是和之前河魚店的狀況一樣，在嘴巴變挑後就不去了。
我和露易絲也很快就吃膩了粉麵，何況我們原本就沒特別喜歡。
「導師呢？」
「嗯，最近有很多其他更想吃的店，所以也很久沒去了！」
因為還有其他更想吃的東西，導師這陣子似乎也都沒吃粉麵。
「蘿莎小姐，雖然問其他店的事情有點不好意思，但妳知道那間店嗎？」
「呃，畢竟做生意就是在比誰能搶得先機，所以其實我們當初是因為覺得能贏過那間店才選在這裡開店。」

儘管價格比粉麵稍微貴一點，但這間新店不僅比較好吃，麵食的種類也比較多，所以巧妙地搶走了那間粉麵老店的客人。

「威爾大人，我們去看看情況吧。」

「說得也是，或許會有什麼值得參考的地方。」

在薇爾瑪和阿昌的提議下，我們前往附近的粉麵老店。

那間店以前明明有很多客人，現在卻變得門可羅雀。

「感覺好冷清。真的就像蘿莎小姐說的那樣快倒了……」

「露易絲，小聲一點！」

我連忙摀住不小心說出真心話的露易絲的嘴巴。

如果被店裡的人聽見就太失禮了。

「啊！妳是之前的冠軍吧！」

「好久不見。」

「真的好久不見了。」

老闆一發現曾經是大胃王冠軍的薇爾瑪，就立刻跑了過來。

他好像都直接叫薇爾瑪「冠軍」。

「嗯唔唔……」

「導師，你又不是小孩子了……」

從來沒在這間店的大胃王挑戰贏過冠軍的導師，像個孩子般以悔恨的表情看向薇爾瑪。

「哎呀，小壯年輕時跟人比食量明明從來沒輸過，結果卻贏不了薇爾瑪啊。」

「……」

原來如此，導師是因為過去從來沒輸過，才對自己的食量這麼有自信。

「沒想到冠軍之後居然成了鮑麥斯特伯爵大人的夫人。」

「畢竟世事難料。」

「妳說的沒錯。要進來吃粉麵嗎？」

「要。」

「我知道了。」

我們一起走進店內，發現完全沒有其他客人。

明明是一碗兩分、適合拿來墊肚子的薄利多銷料理，店內卻如此冷清，真的讓人很擔心生意能不能繼續做下去。

「讓各位久等了。」

粉麵的賣點之一，就是出餐非常快。

我立刻開始品嚐粉麵，然後回想起以前也是這個味道。

是以前被迫陪導師一起修行時的味道。

基本上是鹽味，味道也還算不錯，但吃多了就會膩。

雖然味道並沒有退步，但和用了醬油與味噌的義大利麵與乾麵相比實在不算特別好吃，這樣客人當然會吃膩。

「味道怎麼樣？」

「跟以前一樣。」

「謝謝。」

薇爾瑪其實對味道非常挑剔，她判斷粉麵的味道並沒有退步。

「但其他店都進步了，所以感覺相對沒那麼好吃了。」

「確實是這樣沒錯……」

老闆也有察覺粉麵的弱點。

「你不賣新的麵料理嗎？」

「因為我只會做粉麵……」

這裡的麵條是老闆親手製作，他的手藝也不差，但只會做粉麵。

不曉得該說他是堅定地維護傳統，還是只會倚賴傳統？

「只要做醬油和味噌口味的粉麵就行了吧？」

艾爾隨口提出意見，而他這麼說也沒錯。

在保留粉麵這種料理的情況下，創造出新的味道。

這樣也不算破壞傳統。

「其實我也有考慮過這個方法，但其他店早就在這麼做了……」

無論是王都這一帶還是其他偏遠的貴族領地，都有許多粉麵店。

根據老闆的說明，他們也有試過用逐漸從王都擴散出去的醬油和味噌製作麵料理，但都被視為沒創意的模仿，完全無法吸引客人。

「要是當初有早點下定決心就好了。」

「沒錯，做生意有時候就是需要決斷力。」

露易絲和明明沒做過生意的導師一起大談生意經，他們暫停用餐，指責老闆太晚展開行動。

「我是覺得既然要改良，就該研發出一道夠好的成品。」

「有時候就算只做出半成品，也要盡可能搶快。」

導師明明沒做過生意，講出來的話卻切中要點。

只要先做出醬油口味和味噌口味的粉麵吸引客人的注意，再趁這段期間慢慢改良就好了。

如今客人已經被搶光，只靠缺乏創意的改良根本無法挽回。

還會被認為是模仿其他店。

「偶爾還是需要冒險！」

雖然沒有開過店，但導師說的話很有道理。

這句話似乎也撼動到老闆的內心，讓他沮喪地垂下肩膀。

「我只會做粉麵。明知道這樣下去店會完蛋，卻遲遲踏不出關鍵的一步。我也不希望自己的店倒閉啊。」

老闆看起來實在太消沉，就連一直沒有開口的我都覺得有點罪惡感。

「老闆，再來一碗！」

「導師，拜託你也稍微反省一下。」

明明是他害老闆變得這麼沮喪，居然還毫不在意地要求續碗。

看不下去的艾爾開口責備他，我也在心裡支持艾爾。

「總是要有人點醒他，讓他知道店這樣下去會倒。」

「呃……是這樣沒錯啦……」

就算是這樣，也可以講得委婉一點吧。

都是導師害老闆變得更加沮喪。

「再來一碗是吧。請多吃一點，畢竟之後這間店可能就不在了……」

「導師……」

「舅舅……」

或許是覺得導師說的太過分，就連露易絲和艾莉絲也開始責備他。

「嗯，可是有時候確實需要說清楚。小壯以前也是這樣……」

「坎蒂大人說的沒錯！」

導師也是因為年輕時常被坎蒂先生提醒，現在才變得比較穩重吧……這樣算穩重嗎？

「這間店要倒了嗎？」

「現在還能勉強靠以前的積蓄撐，但再這樣下去……」

老闆告訴薇爾瑪倒閉只是時間的問題後，薇爾瑪的表情就突然黯淡下來。

「冠軍，妳不用擔心，我還是一樣會用一碗的錢賣妳十碗。啊，可是妳可能已經吃膩了一成不變的粉麵……」

老闆說完這段話後，薇爾瑪就淚眼汪汪地抓著我。

「我以前沒東西吃時曾受過老闆的照顧。威爾大人，拜託你幫幫他。」

「我嗎？」

「威爾大人一定能像之前那樣想出辦法。拜託你了。」

我以前好像也看過這個景象……不對，這不是既視感，我是真的看過。

被薇爾瑪這樣拜託，我實在是無法拒絕。

但鰻魚店那時候我只是剛好懂一點相關的知識，麵料理就沒這麼簡單了……

如果隨便答應幫忙，反而讓店倒閉就不妙了。

「反正原本就沒什麼希望，你就試試看如何？」

「怎麼可以這麼不負責任……」

雖然不關導師的事，但他真的很隨便。

「小壯從以前就是這種個性，不過人家和阿昌也會幫忙。」

「在下並不是隨便回答……只是認為鮑麥斯特伯爵一定會有辦法。」

「拜託您了。只要能給我一點提示就好……」

不只是導師，就連坎蒂先生也勸我幫忙，於是我再次當起了假顧問。

第八話　人類是麵類（下）

「主公大人真是個怪人呢……」

「我實在是拿薇爾瑪的眼淚沒轍。」

「這樣聽起來，感覺薇爾瑪大人是個很重義氣的人呢……」

「她以前好像受過那間店的照顧。」

原本預定花三天視察王都餐廳的行程中止，改成重建粉麵老店。

因為接下來必須王都和官邸兩邊跑，我向羅德里希說明情況，他並未特別表示反對。

「唉，俗話說好心有好報嘛。」

這個世界也有和日本一樣的俗語。

羅德里希在侍奉鮑麥斯特伯爵家前也吃過不少苦頭。

大概是因為當時也有許多人盡力幫他找工作和斡旋官職，他才無法拒絕薇爾瑪的請求吧。

「但應該也會有人因此不高興吧？」

「羅德里希真敏銳。」

如果幫助瀕臨倒閉的粉麵老店會有人不高興。
那就是哥哥在附近開了新店的貝緹。
「老師！哥哥好不容易逐漸步上正軌！你這樣太過分了！」
雖然她平常對哥哥非常刻薄，但絕對不是真的討厭他。
之所以表現得那麼嚴厲，是因為她希望哥哥能振作一點，一切都是源自於妹妹的關愛。
「老師，如果你讓那間店復活，貝緹哥哥的負債又要增加了。」
「老師，這樣貝緹太可憐了。」
艾格妮絲和辛蒂也跟著聲援貝緹。
她們三人說的沒錯，我曾經援助過貝緹哥哥的店，不應該在這時候扯他的後腿。
「我也會支援那間店，而且我有個就算兩間店開在同一區互相競爭也不會有問題的好方法。」
如果只實現薇爾瑪的願望，就會換貝緹哥哥的店陷入危機。
既然要幫忙，就應該要幫到底，最後我被迫同時給兩間店建議。
「老師，謝謝你。我最喜歡老師了！」
我一說要再次援助貝緹哥哥的店，她就抱緊了我。
就在我覺得未婚少女不該隨便抱住男人時，薇爾瑪立刻用她的蠻力拉開了貝緹。
「只有妻子可以抱威爾大人。」

「艾格妮絲和辛蒂也還不行喔。」

「這樣妳們就不能抱了。」

艾格妮絲和辛蒂也想跟在貝緹後面發動攻勢，但速度最快的卡琪雅和防守意外嚴密的艾莉絲也加入戰局，三位妻子分別從不同方向將我團團抱住。

「還沒結束！老師的頭上還有空間！這時候就要發揮魔法特訓的成果！」

艾格妮絲還不死心，立刻詠唱「飛翔」咒語想跨坐在我的肩膀上。

「很遺憾，即使不用魔法，我也是遊刃有餘。」

最後露易絲把靠「飛翔」浮起來的艾格妮絲當成踏板，像雜技演員般跳上我的肩膀。

她跨坐在我的肩膀上後，我全身上下就沒有其他能和別人接觸的地方了。

「動作好快……」

「唔——找不到破綻。」

「嘿嘿——我、薇爾瑪和卡琪雅怎麼可能會在妳們這些新手冒險者面前露出破綻。」

抱緊我的計畫受挫，讓艾格妮絲她們顯得相當不甘心。

露易絲跳到我的肩膀上時，她高超的技術讓我幾乎感覺不到重量，但我同時還被艾莉絲、薇爾瑪和卡琪雅團團抱住，根本動彈不得。

「喂——怎麼連艾莉絲都這樣。」

「您是鮑麥斯特伯爵大人，面對妻子以外的女性都要小心。」

「知道了……」

艾莉絲說的話很有道理，讓我完全無法反駁，遭到阻止的艾格妮絲她們則是表現得一臉遺憾。

「哈哈哈！這算是英雄好色嗎？不愧是主公大人。」

「我哪裡像英雄啊？羅德里希，英雄應該是更加正經的存在。」

至少不會絞盡腦汁思考怎麼重振餐廳。

「那麼，您已經有對策了嗎？」

「不用擔心，艾戴里歐先生也會幫忙。」

「只要知道有錢賺，他就會幫忙吧……」

獲得羅德里希的允許後，我帶著阿昌等幫手再次飛到王都。

等我們抵達之前那間粉麵老店時，老闆與其家人，還有貝緹的嫂子蘿莎小姐都已經在那裡了。

「蘿莎小姐，新店那邊還好嗎？」

「我有個能夠信任的儲備店長，我把店交給他打理了。」

「鮑麥斯特伯爵大人，不用找貝緹小姐的哥哥來嗎？」

「他不適合這種事。」

因為開發新的麵料理時，會需要瑞穗料理的知識與手藝，所以我請阿昌跟我一起來。

至於鮑爾柏格那邊的店，則是交給他的妻子黛莉亞打理。

「不適合嗎？」

「貝緹哥哥的廚藝很好。只要他認真起來，應該想得出新菜單，也有辦法指揮幾個店員吧。」

但他不擅長更大規模的工作。

食材的議價、進貨量的調整、擬定店鋪的經營型態，還有經理業務都並非易事，一旦需要考慮的餐廳數量變多，他就會變得派不上用場。

如果將所有餐廳比喻成人類的身體，那他頂多只能管好手臂的部分。

他的妻子蘿莎小姐比較擅長動腦，不如說這就是她的天職。

「原來如此，的確是這樣沒錯。」

外表是美少女的阿昌，則是全方面都很擅長的稀有人才。

「鮑麥斯特伯爵大人，如果我們新店的客人變少，還錢的速度就會變慢……」

蘿莎小姐果然不是很樂見我協助粉麵老店重建。

畢竟這關係到她未來的生活，所以這也是無可奈何。

「不用擔心，除了開發新菜單以外，我也會用其他方法增加這一區客人的數量。」

「增加客人的數量？要怎麼做？」

「等所有人都到齊後，我再開始說明。」

「所有人？」

「伯爵大人，讓您久等了。」

「哎呀——鮑麥斯特男爵大人……不對！是伯爵大人！本人里涅海姆，實在沒想到您會在這麼短的期間內變成地位如此崇高的大貴族。」

來人是鮑麥斯特伯爵家的首席御用商人、平常在王都做生意的艾戴里歐先生，以及會不擇手段地靠瑕疵屋賺錢的不良房屋仲介里涅海姆。

這兩人將在攬客計畫中扮演重要的角色。

「伯爵大人，您好像在策劃什麼有趣的事情？」

「有不有趣要等做了以後才會知道。」

「我覺得成功的機率很高。那我們就開始吧。」

首先是讓大家一起開會。

我們走進為了翻新而暫時停業的粉麵老店，找了張桌子坐下後就開始商量。

「里涅海姆，給我這個地區的地圖。」

「是的，我已經準備好了。」

里涅海姆是不動產業者，所以自己製作了這個地區的地圖。

他將一張大地圖攤開在桌上。

「比想像中還多呢……」

「伯爵大人，是什麼很多？」

「這個地區倒閉的餐廳數量。」

「是的，這一帶有很多住宅區、工坊和商店，但這個地區剛好被夾在中間，位置有點尷尬。」

艾戴里歐先生向我說明這個地區的狀況。

替勞工們提供午餐的店，都開在靠近工坊的地方。

適合家庭一起外食的店，則是靠近住宅區。

正因為位置十分尷尬，所以目前只有能讓路人輕鬆消費的粉麵老店和蘿莎小姐的新店……實質上應該算她的店……開在這裡。

「既然如此，應該很難增加客人吧？」

「只要把客人吸引過來就好。」

「吸引過來？」

「所以我才把里涅海姆找來。」

「是的，只要鮑麥斯特伯爵大人一聲令下，本人里涅海姆願意為您赴湯蹈火，在所不惜。」

「你不需要做到那種程度，只要幫忙確保這個地區所有能夠立刻改裝成餐飲店的房屋就好。」

「遵命，我會立刻著手準備。」

「還有那棟房子也要。」

那棟房子……是里涅海姆最擅長處理，主要因為靈異方面的理由而沒有人敢靠近的瑕疵屋。

「只要由我來淨化瑕疵屋，就能節省成本吧。」

「是的，這樣幾乎和免費差不多。」

無論是建在王都的平民住家，或是他們消費的商店與餐廳，只要被惡靈纏上就會很麻煩。

若建築物本身很有價值，就會委託教會或能夠使用聖魔法的冒險者驅逐惡靈。

不過平民無法輕易湊到相當於日幣一千萬圓的委託費。

考慮到淨化後還得重新打掃和裝潢，不如去租其他房子還比較划算，因為不怕找不到替代的住處，所以這些房子通常會被當成瑕疵屋擱置。

若是蓋在窮人居住的地區，教會就會定期以慈善活動的名義驅逐惡靈。

但這裡偏偏是中產階級居住的地區。

既不是慈善活動的對象，也很少有人能花大錢驅逐惡靈，所以有一定比例的建築物是瑕疵屋。

「等里涅海姆確保了那棟瑕疵屋後，我再去淨化房子。」

「我贊成鮑麥斯特伯爵大人的意見。再來就是希望這件事情不要外傳出去。」

「為什麼？」

不管怎麼看都不像懂不動產的粉麵老店老闆向里涅海姆問道。

「如果被房屋所有人知道鮑麥斯特伯爵大人能夠淨化瑕疵屋，對方或許會抬高賣價。做生意賺錢的祕訣，就是速度、獨占和保密。」

我也同意里涅海姆的說法，但這種話從他嘴巴講出來就突然變得很可疑。

「原來如此，如果被人知道鮑麥斯特伯爵大人能夠自己淨化瑕疵屋，就算是原本毫無價值的房屋也會被人標上價格。」

「正是如此。」

「雖然很感謝你的詳細說明，但其實我名下就有三棟瑕疵屋……」

「哎呀，這樣我第三個祕訣的保密就失敗了。」

該說不愧是老店的老闆嗎？

就連里涅海姆都沒預料到他是個這麼頑強的人。

＊　＊　＊

「夫人，好久不見了。」

「謝謝你豪華的生產賀禮。」

「我這邊也有受到各位的關照，應該是我要感謝各位不嫌棄。」

幾天後，我立刻開始淨化這個地區的瑕疵屋。

除了粉麵老店老闆名下的房產以外，這個地區的所有瑕疵屋都被里涅海姆低價收購了。

受到惡靈的影響，那些房產不僅不值錢，屋主還得另外繳稅，所以他好像是以接近免費的價格收購了那些房子。

至於淨化的事情，就輪到艾莉絲大師出場了。

「居然要復興原本被惡靈妨礙營業的店家，讓這個地區恢復熱鬧。真不愧是親愛的。」

我在艾莉絲的心裡似乎是個非常厲害的人，反正從結果來看，這樣說也沒錯。

她跟以前就認識的里涅海姆打招呼，而他之前送給我們的生產賀禮也確實相當豪華。

至於我們對他的關照，則是協助他的兒子在鮑爾柏格開不動產商會，所以那些賀禮有一部分算是回禮。

順帶一提，里涅海姆的兒子完全是正派經營。

聽說里涅海姆家目前還只是第一代，難怪兒子的個性不像爸爸那麼極端。

鮑爾柏格還沒有瑕疵屋，輪不到爸爸出場，所以才讓兒子過去經營吧。

「（威爾，你真的再次委託這個人辦事嗎？）」

「（畢竟他都有好好完成工作。）」

「（既然你都這麼說了……）」

除此之外，艾爾也有來擔任護衛……但他不擅長應付里涅海姆所以站得比較遠……身為本地人的粉麵老店老闆則是來幫忙帶路。

老闆的家人，以及蘿莎小姐和她僱用的廚師們，都在停業中的粉麵老店裡開發新菜單。

我提供麵料理的點子，讓他們參考我的意見進行試做。

因為前世工作的關係，我知道日本以及在國外接觸過的麵料理的作法與食譜。

但有些食材無法在這個世界取得，或是就算能夠取得也不一定適用。

這時候就必須尋找替代品補上，而且如果沒有反覆試做進行細微的修正，就無法達到作為商品的水準。

就算知道食譜，也無法一直用相同的作法做出相同的味道。

即使材料一樣，產地、季節和成長條件也都會影響味道。

如果不配合這些要素進行調整，就無法維持穩定的味道，偏離太多時甚至會導致顧客流失。

我已經給他們提示，剩下就看廚師們的手腕了。

＊　＊　＊

「味道好香。」

「只要紮實地熬湯頭，就能烹調出最棒的香味和滋味。」

「這是要用來做什麼？」

「我想做烏龍麵。」

阿昌在鮑爾柏格和伊娜她們一起融洽地試做烏龍麵與蕎麥麵。

他決定參與我的計畫開一間麵店。

阿昌在自己店裡的廚房製作烏龍麵湯頭，伊娜試喝後讚不絕口。

「有兩個鍋子呢。」

「是的，雖然鹽的用量差不多，但瑞穗西部和東部的烏龍麵湯頭顏色不同。」

「我在內亂時也曾在瑞穗領地內吃過烏龍麵，真的非常好吃呢。」

「露易絲大人，湯頭已經完成了。接下來要把煮過的手工烏龍麵放進去。」

「烏龍麵和蕎麥麵的製作過程真有趣。」

「他們都是在老店研修過的正統製麵師傅啊。」

為了能成功在王都開店，阿昌從瑞穗的老店挖角了專業的蕎麥麵師傅與烏龍麵師傅過來。

「把這麼重要的師傅挖角過來沒關係嗎？」

像這樣挖角技術高深的製麵師傅，被挖角的店難道不會抱怨嗎？就在卡琪雅如此擔心時，阿昌回答道：

「這些都是獲得那些店鋪認同的挖角。」

「是嗎？」

「是的，因為瑞穗的烏龍麵店和蕎麥麵店現在都已經是飽和狀態……」

因為市場飽和，即使好不容易在店裡研修過也不確定能否獨立。

瑞穗公爵家之前獲得了新領地，但鄰近的土地也早就開了烏龍麵店和蕎麥麵店。

就算去那裡開新店也不見得能成功，所以有些年輕人便志願前往國外發展。

「如果一間店裡原本就有幾位已經完成研修的師傅，會很難僱用新人。站在老店的立場，他們也不希望店裡的員工都是老人吧。」

如果人事費沒有餘裕就無法僱用新人，許多店家就這樣在不知不覺間變得只剩下老店員，這樣店家也很難繼續經營下去。

「經營老店的家族，也要替自己的小孩著想。」

就和貴族領地一樣，一間店只能由一個孩子繼承。

雖然繼承人以外的小孩能在外面開分店，但以目前的市場狀況來看很可能會失敗。

若把他們留下來當店員，支付的薪水又必須夠高才能維持他們的生活。

這樣自然就無法從外面招人。

「在這樣的背景下，瑞穗的製麵師傅早已供過於求。也有人即使已經學會製作烏龍麵或蕎麥麵，還是從事其他工作。」

「就算好不容易學會製麵，也無法從事相關工作嗎？」

莉莎對此感到十分驚訝，畢竟這種事不可能發生在魔法師身上。

魔法師只要學會魔法，就一定找得到工作。

「在大都市以外的地方，很多人就算不開店也會製麵，其中甚至包含了許多技術超一流的師傅。所以挖角他們並非難事。」

師傅被挖角後，老店就能僱用新人。

這些實習人員在獨立前都是領低薪，可以減少人事費的支出。

所以對雙方都很有利。

「雖然可以理解原因，但大家都很認真在學怎麼做湯頭呢。」

泰蕾絲很驚訝伊娜她們居然這麼認真在學習怎麼製作烏龍麵和蕎麥麵的湯頭。

「等開店後直接去吃就行了吧。」

「泰蕾絲，妳這樣不行啊。」

「亞美莉，為什麼這麼說？」

「製麵對我們來說太難了，但這部分可以直接買乾麵來煮，所以只要學會做烏龍麵和蕎麥麵的湯頭，就能讓威爾高興。比起打扮自己，還是增進廚藝更能贏得威爾的好感吧。」

「艾莉絲的廚藝確實很好。」

「泰蕾絲的廚藝最差呢。」

「至少有一般水準吧。」

亞美莉大嫂評論泰蕾絲的廚藝最差後，泰蕾絲立刻為了捍衛自己的尊嚴反駁。

「主要是變化太少了。我來這裡也努力學了許多新菜色，但還是不夠，之後還得繼續努力。」

「真羨慕亞美莉的廚藝那麼好。」

「畢竟我的料理資歷很長啊。」

身為貧窮騎士爵家的次女，如果不會做家事會非常不方便。

畢竟她將來可能嫁到需要下廚的家庭，在收成後也必須做料理款待領民。

亞美莉大嫂以前只要菜做得不好就會被母親斥責，嫁到鮑麥斯特騎士爵家後，下廚的機會也變多了。

所以自然練就了一手好廚藝。

「但本宮的廚藝怎麼會是最差的一個？好比說……」

泰蕾絲看向卡琪雅。

「卡琪雅只會野炊吧。」

「即使如此，我會的菜色還是比泰蕾絲多喔。我有好好跟亞美莉學習。」

卡琪雅有察覺只會冒險者的野炊不夠，所以會定期接受亞美莉大嫂的指導。

「卡琪雅學得很快。泰蕾絲也得努力一點才行。」

「被妳這麼一說……」

「女生不會永遠年輕漂亮，所以之後必須學會料理。只要能夠做出美味的料理，男人就一定會回家。」

「反過來講，如果每次都端出相同的料理，老公就不會去找泰蕾絲了。」

卡琪雅也順著亞美莉大嫂的話反擊泰蕾絲，大概是在氣泰蕾絲說她廚藝不好吧。

她的話讓泰蕾絲的腦中浮現出最壞的想像。

威德林再也不去見年老色衰的泰蕾絲，只跟艾莉絲她們過著一家和樂的生活，最後泰蕾絲只能孤獨地度過晚年。

「這怎麼行！本宮可是學過帝王學的人，學新菜色根本易如反掌！」
泰蕾絲重新鼓起幹勁，製作烏龍麵和蕎麥麵的過程進展得非常順利。

＊＊＊

「料理果然就是要交給專家。」
「至於確保房子的部分，就輪到我出場了。首先是第一間……」
「是我的房子呢。」

第一間瑕疵屋是粉麵老店老闆的房子。
除了這間房子以外，他還有兩間瑕疵屋。
這裡原本似乎是粉麵店……但是在經年累月下，外觀已經相當破爛。
「呃，為什麼會變成這個樣子？」
「這大概是我們家族的宿命吧？」
老闆開始回答艾爾的疑問：
「這間店的全盛時期，是在我曾祖父的那一代。我當時才剛出生不久……」
那位曾祖父後來因為年事已高而決定退休。

他對自己的四個兒子說道：
「只有手藝最好的人能夠繼承我的店！你們互相競爭吧！」
當時靠生意賺了不少錢的曾祖父，讓四個兒子各開一間店互相競爭。
「真是位性情極端的老先生呢。」
「是啊……」
身為貴族的艾莉絲，應該是覺得只要讓長男繼承就好。
畢竟讓兄弟鬩牆爭奪繼承權，可能會導致家道中落。
真的會讓人想吐槽「這又不是美食漫畫」呢。
「其實曾祖父當年就是為了開分店才來到這裡。」
老闆的店似乎是從一間歷史悠久的粉麵店分支出來的正統分店。
所以曾祖父不能再讓孩子們以相同的店名到其他地方開分店。
這個地區已經有許多同門弟子和本店族人開的分店，開新分店會侵犯到他們的地盤。
粉麵店並沒有公會，但還是有跟公會一樣的不成文規定。
不過其他種餐飲店就不受這個規定限制，所以有些粉麵店後來輸給了新的麵料理，有些粉麵店則是靠改良菜單倖存下來，經營起來相當不容易。
「四人展開激烈的競爭，諷刺的是，最後是由身為老么的我祖父獲勝……」
當時的競爭真的相當激烈，其他三間店不僅倒閉，還留下了許多後患。

那三名前老闆後來都負債，直到死前都過著辛苦工作的生活，最後化為惡靈占據了那些店。

「前老闆們，也就是我的伯公們變成惡靈後，就一直在妨礙別人開新店。」

「原來如此，祂們生前一直希望能夠還清債務重新回來開粉麵店，所以對人世還有留戀。」

「一切正如夫人所言。」

老闆點頭肯定艾莉絲的推論。

「雖然只是粉麵，但也不能小看呢。」

艾爾也開始明白開餐飲店是多麼辛苦的事情。

「所以餐飲老店才會這麼少。如果我不好好努力，也會加入祂們的行列……」

「總之現在要先確保這棟房子。」

有惡靈在就無法重新裝潢，必須快點淨化祂們。

「可是鮑麥斯特伯爵大人，伯公們的惡靈非常棘手。」

根據老闆的說明，祂們平常都會躲藏起來，直到新承租人開始重新裝潢才會出來妨礙。

因此老闆也曾多次降低租金，試圖將房子租出去。

不過一旦便宜租到房子的承租人開始準備營業，那些惡靈一定會出來妨礙。

祂們妨礙的時機相當巧妙，讓人看得出來祂們生前確實都是餐飲業者。

「親愛的，您打算怎麼做？」

「我想淨化起來應該不難，祂們都不是很強的惡靈吧？」

「是的。」

「那就簡單了。保險起見，艾莉絲妳可以幫我展開『聖壁』嗎？」

「好的，我知道了。」

讓艾莉絲展開「聖壁」保護我們後，我開始朝店面大聲怒吼。

「唔哇！這粉麵真難吃！難怪會倒閉！跟不上時代也要有個限度！還是新店比較好吃，改去那裡吃吧！」

祂們都是在競爭中落敗才會倒閉，所以只要像這樣挑釁就行了。

或許是聽見了我說的壞話，一個看起來不怎麼強的惡靈從店內現身。

是個年邁男性的惡靈。

「你說什麼——！我的粉麵啊——！」

「噗，超難吃的！」

「宰了你——！」

惡靈受到我的挑釁，直接撞上艾莉絲展開的「聖壁」。

祂原本就不怎麼強，撞上「聖壁」後立刻弱化。

「你就去另一個世界開發新料理吧。」

我稍微放出「聖光」，惡靈就輕易消散了。

和貴族宅第的惡靈相比，真的是不怎麼強。

「希望祂來世能獲得幸福。」

認真又溫柔的艾莉絲，為惡靈獻上祈禱。

「這棟房子的狀況如何？」

「雖然是棟老房子，但石頭打造的房子沒那麼容易壞。店內的設備要怎麼辦？」

「買二手貨就好，盡量不要花太多錢。」

「遵命。我知道一個專門收購倒閉餐飲設備的人，另外也有熟識的裝潢業者。」

不愧是不動產業者，里涅海姆認識很多和這行有關的人。

「我想快點淨化其他物件，立刻動身吧。」

「畢竟時間寶貴。」

「喂，威爾。」

「什麼事，艾爾？」

我和里涅海姆討論完後，艾爾向我搭話。

「那個惡靈是老闆的親戚吧……是不是該多體諒一下他的心情……」

艾爾這傢伙，居然說出這麼有常識的話。

但對我來說，惡靈就只會礙事而已。

既然對店面執著到變成惡靈，為什麼當初不多努力一點？

「惡靈被淨化後都是上天堂，比起安慰老闆不如祝福祂們，這樣老闆也比較高興吧。」

「您說的沒錯。」

艾莉絲似乎真的相信我說的話。

但其實我只是隨便找個藉口……

「老闆，你有什麼感想嗎？」

「呃……畢竟是從未見過面的親戚，又害這棟房子虧損了幾十年。我只覺得祂有點可憐，並沒有什麼其他的感想……」

「什麼！」

「艾爾文大人真溫柔。做生意非常競爭，雖然祂們是我的親戚……但既然祂們都將順利成佛，不如忘懷過去認真做新生意。」

「……喂，威爾。」

「什麼事，艾爾？」

「你和里涅海姆先生其實是同一類人吧？」

「……」

我才不像他那麼可疑。

但我又不能當著本人的面這麼說，所以只能在心裡大喊。

＊　＊　＊

「鮑麥斯特伯爵大人，工程進行得非常順利，但請問為何要這麼做？」

之後又過了一個星期，新菜單仍在持續開發中，我們順利買下幾棟淨化過的瑕疵屋，里涅海姆找來的業者開始進行改裝工程和調度調理器材。

當前的目標，是先準備好十間隨時能夠開張的店鋪。

在工程進行時，艾戴里歐先生無法參透我的意圖，詢問我究竟有什麼打算。

「其實這個地區的條件並不差。」

因為在徒步範圍內有許多工坊和住宅區。

「既然客人不來，那就把他們吸引過來。我要將賣麵料理的店都集合到這裡。」

基本想法就跟拉麵博物館一樣，之所以要研究各種新的麵料理菜單，就是為了在同一個地區開大量麵店。

「只開麵店嗎？」

「只要這個地區有各種麵店，就會有看準這點的客人上門吧。在工坊工作的人或許會來吃午餐，附近的家庭也會在假日過來消費。這個地點非常好，唯一的小缺點就是離工坊和住宅區有段距離，所以要將店家聚集在一起吸引客人。」

除此之外，也可以賣些輕食、西點和糕餅。

這樣既能讓家庭玩樂，也能當成約會地點。

再來只要減少麵料理的分量，就能讓人連逛好幾間店了。

「將店鋪集中在一起後，反而產生了優勢呢。」

「喔喔！這是多麼驚人的想法！不愧是伯爵大人！」

雖然艾戴里歐先生大力稱讚我，但這只是單純的抄襲。

反正跟他解釋也沒用，還是保持沉默吧。

「店鋪集中在一起後也會互相競爭。實力太差的店就讓他們早點撤出吧。」

「難怪大部分的店面都是採招租的形式。」

只有粉麵老店的老闆有四間自己的店，和蘿莎小姐有一間自己的店。

其他房子都是由負責收購的里涅海姆所有。

我和艾莉絲只跟他們收淨化的錢。

里涅海姆對商業十分敏感，他很乾脆地付清了淨化的錢，自己獨占那些房子。

粉麵老店的老闆也有付錢，只是我幫他打了很多折。

雖然他這一年來都經營得很辛苦，但在還是知名老店時賺了不少錢，所以還有很多儲蓄。

「至於艾戴里歐先生……雖然他是把事情交給旗下的商人處理，但提供這個地區的餐飲店食材和協助店家開張與搬遷，還是讓他賺了不少錢。之後也可以開個露天咖啡廳，賣巧克力或用魔之森水果做的甜點。或許還能辦個期間限定的促銷活動，賣些便宜的新商品讓大家認識店家。」

「里涅海姆負責管理這些房子嗎？」

「畢竟還要把業績不好的店趕出去。當客人愈多愈熱鬧時，房租也就能水漲船高。而擁有這些房產的里涅海姆是靠租金賺錢，要負責淘汰業績不振的店家。這是個討人厭的工作，所以得多給他一點好處。」

簡單來講就是將整個地區的房子視為一座設施，讓里涅海姆負責管理那座設施。

租屋契約是以半年為單位，透過不讓業績不振的店家續約的方式促使他們互相競爭，讓這裡的店家能夠自然汰換。

我將淘汰店家的麻煩工作交給里涅海姆處理，但與此相對，他也能靠未來高漲的租金賺錢。

「若這裡變熱鬧，這裡的店在其他地方開新分店時也能省下不少宣傳成本。只要店家能夠理解這點，就會努力維持人氣。」

「原來如此，我明白了。」

「而且王都很大吧？如果這裡進行得很順利……就能在其他地區經營相同的設施，我們可以趁現在累積相關的經驗與知識。」

「原來除了單純經營餐飲店之外，還有這種方法啊。」

我以前待的公司也會參與這類餐飲活動，或是協助營運設施。

所以只有我想得出這個點子。

不過具體的作業程序，還是只能結合我的知識，在實際開始營運後慢慢建立。

「我會盡快將一切都準備好。」

「拜託你了。」

與艾戴里歐先生道別後，我前往阿昌之後會承租的店鋪。

他一次租了兩間相鄰的店面，目前正在籌備開幕。

「啊，鮑麥斯特伯爵大人。目前試做得非常順利喔。」

「話說為什麼要租兩間店？」

「是為了區別出價格。」

「區別出價格？」

「是的。」

第一間店的裝潢是採精緻的瑞穗風格。

內部的裝潢也都是交給瑞穗的工匠負責。

「這是將蕎麥麵和烏龍麵放到最後上菜的高級餐廳吧。」

以套餐形式提供瑞穗料理，再用蕎麥麵或烏龍麵收尾。

雖然價格比較高，但主要的客群應該是富裕階層。

「另一間則是普通的蕎麥麵兼烏龍麵店。店內也會設置立食區。」

另一間店裡設有普通的座位，入口附近有讓客人站著吃的吧檯，就連店外的空間都擺了桌椅。

店裡也有專門回收餐具的架子，跟我前世偶爾會去的立食蕎麥麵店一模一樣。

這麼說來，瑞穗也有立食蕎麥麵店呢。

「在有許多工坊的地區經常能看到這種營業型態，但外地客不太會進來這種店，所以主要是用來吸引在附近工坊工作的客人。」

他們通常很忙，沒什麼時間吃飯。

過去粉麵之所以能夠流行，也是因為具備能夠快速吃完的優點。

即使沒有座位，蕎麥麵和烏龍麵的價格還是有點貴，但王都的景氣正在逐漸變好，阿昌盤算過後，認為還是有利可圖。

「看來進展得很順利。」

「是的，只要我們這些先開的店獲得成功，就會有更多新店開張。雖然會變得互相競爭，但來這裡的客人也會因此增加。」

阿昌看起來很忙，所以我很快結束對話，改去蘿莎小姐的新店。

「鮑麥斯特伯爵大人。我丈夫正在試做新菜單，聽說狀況非常順利。」

「雖然是個困難的課題……」

我教貝緹哥哥做的麵料理，其實就是拉麵。

拉麵的湯頭非常難做。

我以前也曾經試做過，但都熬不出滿意的湯頭。

因為無法取得豬骨，所以只能用山豬骨代替，但我無法去除食材本身的腥味，就算事後加入香菜一起熬煮也沒什麼幫助，等湯頭好不容易沒腥味時，又換味道變得太淡。

失敗了好幾次後，我終於決定放棄。

沒想到貝緹哥哥居然能做出不錯的成品，真正的廚師果然不同凡響。

或許他只要不參與店鋪的經營，就能成為一個好廚師。

「請您試吃看看。」

蘿莎帶我前往廚房，在貝緹她們三個的注視下，貝緹哥哥正在用一個特大湯鍋熬湯。

「狀況怎麼樣？」

「鮑麥斯特伯爵大人，味道終於穩定下來了。」

貝緹哥哥用小碟子裝了一點鍋裡的湯給我試喝。

我試喝後發現味道真的不錯。

我自己做的時候都會有奇怪的腥味，味道也很淡。

「食材的事前處理必須做得非常徹底，另外還必須加入其他魔物的骨頭與豬骨，搭配能消除腥味的香草與蔬菜一起熬煮。」

「你能取得豬骨嗎？」

這世界的家畜只有非常有錢的人才能吃得到。

我本來以為豬骨應該沒這麼容易取得……

「可以，只是量不多，而且必須直接去屠宰場進貨。因為貨源不穩定，所以必須搭配容易取得的山豬骨與魔物骨讓味道穩定下來。除此之外，季節、獵物棲息的地區和成長的環境，也都會影響湯頭的味道。」

拉麵的困難之處在於即使完成了很棒的食譜，食材的狀態還是會不斷變化，如果不好好調整就很難做出味道一樣的湯頭。

如果味道是變好也就算了，一旦味道變差，就會流失客人。

沒想到貝緹的哥哥比想像中還要能幹。

雖然我對他的第一印象不是很好，但他在料理方面真的是「肯努力就會成功」的類型。

看來我得重新評價他。

「你只要被妻子騎在頭上，就會變得很優秀呢。」

「鮑麥斯特伯爵大人，您這樣說就太傷人了……」

「哥哥只有被大嫂管教時，才能當個正經人。」

「連貝緹都這麼過分……」

親生妹妹毫不留情的感想，讓貝緹哥哥沮喪地垂下肩膀。

「這是山豬、家豬和魔物骨頭的混合湯頭。」

不過他還是立刻重振精神，繼續說明這個湯頭。

無論味道還是外觀，都和我前世的豚骨湯頭十分相似。

這樣的結果讓我感到非常開心。

「只要再加入用醬油做的醬料……」

就成了令人懷念的醬油豚骨拉麵的湯。

雖然醬油豚骨拉麵給人一種平凡的印象，但也因此廣受歡迎。

我在這個世界第一次聞到這種味道，讓我想快點把麵加進去吃。

「用來當配料的肉呢？」

「這部分也按照鮑麥斯特伯爵給的提示完成了。」

因為貝緹哥哥經常用山豬肉做燉豬肉，所以叉燒肉做起來比湯頭簡單。

最後的成品也非常美味。

「滷蛋嗎？因為食材有點貴，所以只有試做品。之後再適當加入一些燙青菜就完成了。」

關於雞蛋的部分，先不提原本就要價不菲的珠雞，就連養雞場的雞蛋都一樣貴。

所以我請貝緹哥哥先用鴨蛋或其他鳥蛋試做，但原價還是太高，無法提供給客人。

日本的蛋能賣得那麼便宜實在是很厲害。

至於筍乾，因為這個世界只有瑞穗有竹筍，所以只能先省略。

瑞穗人很愛竹筍，所以出口量怎麼想都不可能夠。

「所有食材都按照您的吩咐湊齊了，剩下的問題是麵條。我覺得義大利麵應該不太適合，但我自己也不會製麵。」

蘿莎小姐的新店用的麵，全都是向認識的製麵師傅進貨。

貝緹哥哥表示自己不會製麵。

「這時候那間粉麵老店就派上用場了。我們去拿麵吧。」

我本來還在想如果貝緹哥哥失敗就找其他廚師，但他漂亮地通過了考驗。

再來只剩把麵煮好加進湯裡了。

「老師，哥哥有好好完成工作吧。」

「我好像有點太小看他了。他的廚藝很好呢。」

不如說就是因為他還年輕，才擅長試做新料理。

再加上還有蘿莎小姐在，只要能夠維持湯頭的味道，拉麵店應該就能成功。

「老師，謝謝你。這樣我們的父母在天之靈也能夠安心了。」

雖然平常對他講話十分刻薄，但貝緹並不討厭哥哥。

她牽著我的雙手，感謝我對她哥哥的幫助。

「啊——！貝緹，妳太狡猾了。我也要牽。」

辛蒂不知為何譴責貝緹，然後挽著我的另一隻手，於是我的右手和左手就這樣分別被貝緹和辛蒂挽著。

「老師只有兩隻手……妳們兩個太狡猾了！」

平常個性認真的艾格妮絲一看見兩個好友挽著我的手，就生氣地大喊。

「呃——那我就到這裡來。」

「喂！」

辛蒂巧妙地施展「飛翔」魔法，坐到我的左肩膀上。

我連忙抓住她的腳，讓她跨坐在我的脖子上。

之後艾格妮絲立刻占據辛蒂放開的左手，我在被三名弟子包圍的情況下走在路上。

「喔，你居然趁老婆不在，做出這麼大膽的行為。」

「喂！艾爾！別說這種容易讓人誤會的話！」

我向一臉奸笑的艾爾抱怨。

如果他把錯誤的情報傳給艾莉絲她們就不妙了。

「嗚嗚……以前還那麼小的貝緹居然要嫁人了……」

「貝緹本來就遲早會嫁人，別這麼哭哭啼啼的。鮑麥斯特伯爵大人會好好照顧她。」

艾爾，看你做了什麼好事。

貝緹哥哥和蘿莎小姐本來只是跟我一起來確認麵條，都是你害他們誤會了。

「到了這個地步，這幾個女孩子應該也沒辦法嫁給其他人了。關於這點，不曉得鮑麥斯特伯爵大人有什麼想法？」

「嗚嗚！」

感覺我已經愈來愈無路可逃了，我決定先逃避現實，優先執行假顧問的工作。

「鮑麥斯特伯爵大人……真羨慕您能被漂亮女孩團團包圍……呃，不對！試做麵條的工作非常順利。」

其實我把製作拉麵的工作交給了粉麵老店的老闆。

老闆有五個兒子，他們每天都會親手製作粉麵，大家的製麵技術都非常好。

為了讓這個地區之後能夠穩定經營，我建議他兼職開一間製麵所，專門提供麵條給這個地區的其他麵店。

「只要請別人製作能搭配湯頭和配料的麵條，就能將心力放在其他事情上，下訂單也比較方便。」

這就是所謂的效率化。

自己製麵或許能夠節省成本，但製麵很花時間，客人變多時可能會無法兼顧。

只要同一個地區有製麵所，就算麵不夠也能立刻下訂單。

「真是個好主意，不過麵條的部分沒問題嗎？」

「我們每天都在製作粉麵，早就已經打好基礎，目前也在研究製作義大利麵。我和兒子們在經過特訓後，技術都在持續進步。」

我請阿昌幫忙介紹蕎麥麵師傅和烏龍麵師傅指導他們。

我和艾戴里歐先生已經計劃好了，如果蕎麥麵和烏龍麵之後賣得好，就要推出麵攤。

那些麵攤使用的麵，也將從這間製麵所進貨。

「當然，我們也預定改良粉麵。」

除此之外，我們還想再開發幾道麵料理。

只要同時經營製麵所就能增加收益，讓經營狀態由虧轉盈。

我淨化過的那三間店也將成為製麵所兼粉麵店，讓老闆的兒子們分頭經營。

「我是來拿拜託你們做的麵。」

「好的，這邊請。」

製作拉麵的麵條需要「鹼水」，但這個世界根本沒有這種東西。

我也問過阿昌，但就連瑞穗也沒有「鹼水」。

雖然不能完全代替，但新瑞穗領地有些地區似乎會用木灰水製麵。

用來製作那種木灰水的樹木在王國也有生長，所以我請老闆用相同的木灰水製作麵條。

我要求的麵條尺寸是中等偏粗，雖然成品的顏色不像使用鹼水時那麼黃，但和沖繩麵的麵條很相似。

我之後也打算開始製造鹼水。

只要告訴艾戴里歐先生大致的作法，他就會設法開發出來吧。

「燙好這個麵條後，加進剛才那種湯和醬油製作的湯頭，再放上配料就完成了。」

我們立刻趕回貝緹哥哥的店，完成了類似「醬油豚骨拉麵」的拉麵。

儘管熬湯的素材包含了山豬和魔物的骨頭，還加了地球沒有的香草和蔬菜，就連叉燒都是用山豬肉，但我還是久違地獲得能吃的拉麵。

好心有好報這句話果然是真的。

我立刻率先進行試吃，味道和我前世常吃的醬油豚骨拉麵很像，非常好吃。

我自己做的拉麵湯裡充滿腥味，叉燒又腥又硬，就連口感鬆散的麵條尺寸都不統一，難怪不怎麼好吃。

「喔，能夠抓住湯汁的麵啊。跟義大利麵不一樣呢。真是受教了。」

負責製麵的老闆也津津有味地試吃拉麵。

「在揉麵時加入雞蛋，或是將雞蛋做成配料也很好吃喔。」

「鮑麥斯特伯爵大人，這樣單價會太高。」

靠養雞或養鴨取得的蛋非常昂貴，而且通常都是賣給有錢人，所以很難入手。

冒險者在狩獵途中找到鳥蛋時通常會拿去賣錢，但也有很多人會選擇自己吃掉，算是冒險者的少數特權之一。

如果在拉麵裡加蛋，成本會提高一倍，無法作為店裡的商品。

我決定自己製作滷蛋享用。

作為鮑麥斯特伯爵，我想吃多少蛋都沒問題。

而且我從小就被父親稱讚是撿蛋高手。

「老師，這道麵料理真好吃。你打算取什麼名字？」

「拉麵。」
「拉麵嗎？雖然簡單，但感覺很適合呢……哥哥，這道料理一定會成功。」
「嗚嗚……我總算被妹妹稱讚了……之後還有時間，我會繼續改良。」
貝緹哥哥難得被妹妹稱讚，開心地流下眼淚。
雖然他最近已經很努力了，但貝緹認為哥哥很容易就會墮落，所以一直不肯輕易稱讚他。
「我也會繼續改良粉麵，同時思考其他的麵料理。」
「店預定會在三天後開幕，大家繃緊神經好好準備吧。」

三天後。
將各種麵店集中在同一個地區的設施……雖然嚴格來講不算設施……總算開幕了。
現在還沒到中午，但是多虧之前有好好宣傳，許多想吃午餐的勞工以及放假的家庭，都聚集到這裡了。
「我之前有按照伯爵大人的吩咐派人去發傳單。」
我指示艾戴里歐先生製作傳單到附近發，傳單上記載了這區的地圖和店鋪位置，以及能以什麼價位吃到何種麵料理等資訊。
畢竟如果一開始沒有客人來就麻煩了。
這一帶到處都立了和傳單相同內容的立牌。

許多客人都被立牌吸引走進店內。

「瑞穗的蕎麥麵和烏龍麵啊。機會難得，就吃這個吧。」

「這裡有賣名叫拉麵的湯麵呢。」

阿昌開的蕎麥麵兼烏龍麵店、由貝緹哥哥完成食譜後讓蘿莎小姐經營的拉麵店，以及蘿莎小姐交給部下打理的義大利麵店。

除此之外，這裡還有專門賣茶、巧克力和用魔之森水果做的點心的咖啡店，以及提供烤雞串、炸雞塊、三明治、漢堡和薯條的熟食中心。

艾戴里歐先生眼明手快地讓自己旗下的商人也來這裡開店。

雖然這裡主打麵店，但如果有提供這些副食的店，客人也比較不容易膩。

「最後是關鍵的粉麵老店。」

「威爾大人，那邊沒問題吧？」

「他們同時還要兼顧製麵所，光製麵應該就夠忙了……」

因為客人很多，老闆急忙製麵應付追加的訂單。

罕見的拉麵店吸引了許多客人，麵條一下就不夠了。

經過改建後，在粉麵店的前面多了一個用玻璃隔開的製麵空間，外面的客人能看見老闆在裡面製麵。

受到這個景象吸引，許多客人也光顧了後面的粉麵店。

「專家製麵的景象也能吸引客人。料理不是只靠味覺啊。」

「只要跟料理有關，你就會變得很認真呢。」

「那當然，人不吃東西就會死。這比應付其他傻貴族重要多了。」

「你可別讓羅德里希先生的負擔變得太重啊……」

靠實際製作的過程吸引客人，在我的前世是相當常見的手法。

在其他淨化過的店面，老闆的兒子們也在客人面前展現從父親那裡學來的技術。

「薇爾瑪，妳不用再擔心他們會不會倒閉了。」

「威爾大人，謝謝你。」

薇爾瑪總算再次變得笑容滿面。

她平常很少拜託我什麼事，由此可見她對過去照顧過自己的人非常講義氣。

「粉麵後來做了什麼改良？」

「這部分只能交給老闆這個專家了……我們去看看吧。」

「去試吃吧。」

考慮到今天客人很多，我只帶了艾爾和薇爾瑪同行。

我們一走進粉麵店，服務生就立刻過來點餐。

「請問要點什麼？」

「呃……」

我看了一下菜單，發現價格漲了不少。
雖然「新粉麵」這個名字感覺很沒創意，但主要是變成三種口味。
除了以前的鹽味以外，還多了醬油和味噌。
「我要醬油。」
「那我要味噌。」
「我要鹽味。」
「薇爾瑪的選擇真是老成呢。」
「粉麵的基本就是鹽味。如果這部分沒有好好改良就無法放心。」
「原來如此。」
「這麼說也對。」
我和艾爾一起贊同薇爾瑪的說法，此時我們點的粉麵也到了。
「看起來有比較好吃。」
新的粉麵看起來有點像「油拌麵」，麵條是用木灰水製成的粗麵，分量也變成標準的一人份。
攪拌完試吃後，我發現沾在麵條上的醬汁其實是稍微煮乾的醬油拉麵湯底。
配料則是切碎的香菜、燙青菜和燉豬肉。
「真好吃。」
「是啊。」

我也喜歡油拌麵，覺得這是不錯的改良。
不管再怎麼煩惱，終究還是專家。
老闆似乎參考拉麵，自己設計出了油拌麵。
「薇爾瑪，鹽味好吃嗎？」
「好吃，而且有好好改良過了。威爾大人，嘴巴張開——」
她突然想餵我吃麵，幸好我們是夫妻所以沒關係。
「周圍有其他人在看喔。」
「沒關係，我們是夫妻。艾爾每天回家也都會叫遙……」
「住口！這種事情不能外傳！」
艾爾，原來你每天都叫遙做這種事……
夫妻感情融洽是很好，但我實在不太想聽別人的甜蜜事蹟……
「真好吃。」
鹽味的粉麵也一樣沒有湯，配料也幾乎和我的一樣。
老闆似乎無論如何都想保留鹽味。
看來他真的費了很多心思改良。
「鮑麥斯特伯爵大人，您覺得味道怎麼樣？」
「變得非常好吃。」

這樣我偶爾應該會想來吃。

畢竟人有時候會莫名地想吃油拌麵。

雖然之前都忘了這種感覺，但我會想再來吃這種粉麵。

幸好我會用「瞬間移動」，所以來王都並非難事。

「你還有什麼煩惱嗎？」

我發現老闆的表情有些悶悶不樂。

「雖然鹽味的粉麵也賣得不錯，但果然還是輸給醬油口味和味噌口味。我是個守舊的人，所以仍認為粉麵就是要吃鹽味。」

雖然為了生意提供醬油和味噌口味的粉麵，但他還是想主打鹽味。

「也不是沒有辦法。」

「真的嗎？」

「試做看看吧。」

前往廚房後，我從魔法袋裡拿出一樣東西。

那是我很久以前自己做的小煙燻器和煙燻用的木屑。

雖然自從跟人組隊後就幾乎沒用過，但我獨來獨往的時期非常有空，偶爾會自己做燻肉和燻魚。

「是要燻製嗎？」

「沒錯，這樣能替鹽增添香味，然後再用那個鹽做醬汁。」

煙燻鹽可以事先做好。
木屑也不是什麼貴重品，這樣應該不用調整價格。
「香味也是味覺的一部分，我現在手邊只有胡桃木的木屑，之後可以從瑞穗進口櫻樹的木屑，只是這樣成本會變高……還少一樣東西。」
新粉麵的醬汁，是由少量煮乾的湯、調味料和油調配而成。
「如果想保留鹽味，就該改良油的部分。」
蔥、蝦子、生薑、大蒜、辣椒、魚乾、貝肉和小魚。
只要用這些素材做成香油，就能讓新粉麵的味道變得更加豐富。
我先準備好燻製鹽，拿出溪蝦和瑞穗產的辣椒做出類似辣油的調味料，再用這些調味料做出鹽味的新粉麵。
「鹽味加鮮蝦風味，另外可以配合個人喜好調整辣味。」
「喔喔！真好吃！」
「鮑麥斯特伯爵大人，真虧您想得出這種方法！您簡直是天才！」
艾爾和老闆都對我的創意讚不絕口，但我只是抄襲別人，所以感到有些心痛。
不過這一切都是為了讓我取回以前的麵食生活，算是必要的犧牲。
「威爾大人，真好吃。」
「我只是個外行人，所以老闆繼續改良後應該會變得更好吃。」

「這次的事情讓我思考了很多，果然必須要經常研究才行……」

人是很容易習慣的生物，如果一直吃相同的料理馬上就會膩。

雖然有人會說「這樣老店怎麼辦？」，但其實只是吃過的客人擅自認為味道沒有變，店家通常有一點一點地改良味道。

不如說這間店靠同一道粉麵繁榮了幾百年這點，反而讓我比較驚訝。

「即使是同一道菜，也要不斷進行細微的改良。」

「您說的沒錯，今天真是受教了。雖然粉麵確實便宜又方便，但重點還是要好吃。居然還煩勞您設計能夠便宜提供的菜單，真是太不好意思了。」

之後老闆和他兒子們開的四間製麵所兼粉麵店，開始在店前面賣起了炒麵。

雖然自己製麵能夠壓低成本，炒麵的量也不多，但價格居然只要兩分。

應該是刻意設計成平民也能輕鬆購買的小食吧。

員工們一開始在鐵板上炒麵，醬汁的香味就吸引了許多客人聚集。

「我也不能輸給他們。」

阿昌也開始在店前面賣起了炒烏龍麵。

雖然他外表像個美少女，但就算說他是經商天才也不為過。

而且單論行動力，他可是比誰都要有男子氣概。

「包含王都在內，王國的氣候大部分的時候都相當溫暖，賣蕎麥涼麵和烏龍涼麵應該有助於提升營業額。」

阿昌開始計劃在王國各地開蕎麥麵的分店。

為了達成這個目的，他非常用心在經營第一間店。

「昌先生真的是男性嗎？」

「他已經結婚了，雖然我很難相信他比我年長。」

「我兒子也不相信……」

老闆表示他其中一個當分店長的兒子在和阿昌一起準備開店時，對阿昌一見鍾情，之後甚至還求婚失敗。

「他後來還好嗎？」

「他受到很大的打擊，但後來以此為契機變得相當努力。」

老闆表示他兒子後來每天都忙著製麵和調理新粉麵。

「但這樣算失戀嗎？」

「算吧？」

「可是感覺連起點都沒踏上去……」

「比起失戀，應該說是誤會？」

「艾爾，薇爾瑪，你們就當他是失戀吧。」

重新開張的麵店從第一天就擠滿了許多客人，之後常客也逐漸增加，讓整個地區變得愈來愈熱鬧。

一旦客人增加，就會有店家想靠新的麵料理和輕食吸引那些客人，而這又帶來了更多的客人。

跟我預期的一樣，這個原本有點冷清的地區被後世稱作「麵食街」，吸引了許多客人。

然後不只是王國，之後就連帝國也開始出現類似型態的地區。

＊　＊　＊

「噗——！我也好想去。」

「對不起啦。因為那裡人很多，不方便帶太多人去。薇爾瑪又很擔心那間店。」

我們結束視察回到家後，沒辦法一起去的露易絲一臉不滿地抱怨。

「露易絲，別像個孩子般鬧脾氣。威德林應該有帶禮物回來給妳吧。」

「我帶了幾樣新的麵料理回來。亞美莉大嫂，那個做好了嗎？」

「都照你吩咐的做了，配料也多準備了一點。但燉菜能變成麵料理嗎？」

「要做一點改造。」

我打算做一種新的麵料理當晚餐，和艾莉絲她們一起吃。

如果讓王都的店賣這種料理，客人應該又會變多。

「味道怎麼樣？」

「很好吃喔。」

亞美莉大嫂以前在鮑麥斯特騎士領地就經常做菜。

但如果說是因為那裡的生活窮到不得不自己做菜，那就太失禮了。

「味道剛剛好呢。」

「因為你有說味道要調得重一點。不過以前真的很難想像能吃到料這麼多的燉菜呢。」

「有時候是會多放一點蔬菜。畢竟把肉拿去烤或做成其他料理會比較有效率。」

「婆婆也常說『我們家比起在燉菜裡多放一點肉，更喜歡大塊一點的烤肉』。」

「畢竟能吃的肉有限，所以會想盡量讓肉看起來大一點。」

「而且家裡人數也很多。」

我和亞美莉大嫂聊起了以前的事情，對那時的鮑麥斯特騎士領地來說，就連較濃的調味都是一種奢侈。

在這棟房子裡，只有我和亞美莉大嫂知道我的老家跟別人有多不一樣。

某方面來說，我們之間的關係就像戰友。

「那麼，你想做什麼樣的麵料理？」

「我會邊做邊說明。艾莉絲，可以幫我把這個煮硬一點嗎？」

「真是奇怪的義大利麵呢。」

就連經常下廚的艾莉絲，都是第一次見到帶狀義大利麵。

在日本是把這種麵叫做千層麵。

我告訴粉麵店的老闆後，他就立刻幫我做了。

地球的麵條通常是以乾麵為主，但這個世界的主流是生麵，所以義大利麵特別好吃。

另外也有用蕎麥做的義大利麵，這也非常美味。

只是在我的老家根本吃不到這種時髦料理。

「親愛的，麵煮好了。」

「謝謝妳，艾莉絲。」

我將燉菜倒進耐熱容器，放入用水煮過的帶狀義大利麵。

在上面灑起司粉，用烤爐烤一下，最後放上切過的香芹就完成了。

「這也是麵料理嗎？」

「只要是將麵粉溶於水後揉製而成的麵團，都算是麵。」

艾莉絲如此回答露易絲。

千層麵風格的新料理烤好後，加熱過的起司不斷冒泡。

起司也算奢侈品，但我覺得應該不會有人討厭烤過後融化的起司。

「看起來很好吃，還是趁熱吃吧。」

在泰蕾絲的提議下，大家開始享用千層麵。

因為主要是用燉牛肉調味，而且還是焗烤過的千層麵，所以不可能難吃。

融化的起司也很美味，這樣應該能當成新的餐點來賣。

「如果在北方的菲利浦公爵領地享用這道料理，或許會覺得更好吃。」

「畢竟吃起來暖呼呼的。」

「真虧你能想出這種料理呢。」

「哈哈哈，我還準備了其他麵料理喔。」

接著我在炸過的義大利麵和蕎麥麵上灑鹽。

我前世曾在蕎麥麵店吃過這種配菜。

這些應該能當成輕食放在店前面販售。

「接下來是涼麵。」

義大利冷麵、豆皮蕎麥涼麵，以及烏龍涼麵。王國的氣候相對溫暖，只要能確保冰箱和製冰機，或許會有這方面的需求。

「你的創意真是令人佩服。」

「露易絲，放心交給我吧。」

「不過你忘了身為鮑麥斯特伯爵的本業，羅德里希先生會生氣喔。」

「放心啦，我有好好跟他請假。」

最近開發領地的速度又變得更快，害我一直在做土木工程，偶爾像這樣做點其他工作也不錯。

與其說是工作，不如說是興趣。

雖然一開始是薇爾瑪拜託我，但做這些事情有助於抒解壓力。

「再來是甜點。」

試吃完各種麵料理後，我拿出蕎麥麵疙瘩當點心。

這也是我前世在蕎麥店吃過後覺得好吃，才特地重現的料理。

只要把蕎麥粉加進熱水裡，再捏成團狀就完成了。

可以沾黑蜜或黃豆粉吃，加進紅豆湯裡也很美味。

「真好吃。即使同樣是甜食，吃起來還是比王國的點心爽口呢。」

年紀最大的莉莎也喜歡蕎麥麵疙瘩，吃得津津有味。

「只要逐步推出這些新菜單，那個地區應該能繼續繁榮下去。」

那裡的食材是和艾戴里歐先生購買，阿昌、貝緹哥哥和蘿莎小姐則是在我的援助下開店，只要他們賺錢，鮑麥斯特伯爵家也能跟著受益。

雖然金額不高，但我的名聲應該會變好。

「真是高明的宣傳手法。」

「喔……那真是太好了呢。」

我突然聽見意外的聲音，轉頭一看就發現羅德里希正一臉怨恨地站在那裡。

「羅德里希？」

「主公大人，鄙人確實有允許您暫時集中精神開發新店的菜單，但您的假期應該只有三天。結果您就這樣在王都待了將近兩個星期，害開發無法按照計畫進行。話又說回來，您一開始明明只是要支援一間店，為什麼最後會變成建立一座大規模的商業設施呢？」

因為過程太開心，我這兩個星期都在做和開發新麵食有關的工作。

羅德里希向我抱怨他沒料到我會拖延這麼久。

「哎呀……大家不是有代替我努力工作嗎？」

卡特琳娜、泰蕾絲、莉莎和艾格妮絲三人組的魔法實力，在經過我的特訓後都增強許多，應該足以代替我工作。

「夫人們確實有幫忙進行工程，但只有主公大人能夠處理的大規模工程進度一直持續停擺。」

「這樣啊……那我從明天開始努力。」

「明天開始？鄙人明白了。考慮到這十天的延遲，主公大人短期內應該是無法休假了。」

「你說什麼！」

我好不容易擺脫不斷加班的上班族生活，結果短期內卻都無法休假……

那我到底是為了什麼當貴族？

貴族不是應該過著更加優雅的生活嗎？

「話說為什麼計畫會延遲這麼多？之前的進度不是一直超前嗎？」

「主公大人，您應該換個方向思考。既然能在保有餘力的情況下超前進度，就表示還可以再超前得更多，那樣才算是真正地按照計畫進行。主公大人的魔力還在持續成長，所以一定沒問題。」

羅德里希朝我露出充滿自信的笑容。

為什麼你會這麼有自信啊？

明明實際施工的人是我。

「不過我希望偶爾能去王都吃麵，也想邀艾莉絲她們一起去約會……」

「請您和夫人們留在家裡或去鮑爾柏格的市區培養感情吧。畢竟『瞬間移動』得耗費不少魔力。」

「可惡！我要把貝緹哥哥踢來鮑爾柏格，讓他在這裡開拉麵店！」

我在王都當了兩個星期的假顧問，代價就是之後得專心開發領地好一段時間。

即使如此，三餐裡多了麵料理可以選擇依然是件好事。

因為參與工程的勞工們偶爾也能吃到一些簡單的麵料理，所以他們有些人開始在故鄉或居住地開麵店，麵料理在王國內也變得愈來愈普及，但那又是另一個故事了。

卷末附錄　即使世界不同，還是會有人想出相同的料理 with 女僕們

「久等了，鮑麥斯特伯爵。然後……薇爾瑪姑娘果然也在啊。」

「聽說今天的料理已經不只是大分量，而是超大分量。所以我一定要參加。」

「原來如此……這理由真有說服力。」

「難得可以和威德林先生一起外出，總覺得好像只有我一個人來錯地方……」

「卡特琳娜大人，真要說起來，我們才是不應該出現在這裡。」

「是嗎？多米妮克姊，這也算是市場調查吧。」

我們家老爺是個對美食非常執著的人。

他最近因為太認真開發麵料理而被羅德里希大人斥責了一頓，還被塞了更多開發領地的工作，

但我家老爺才不會這麼簡單就認輸。

即使羅德里希大人不斷替他增加工作量，他還是立即適應，工作得比領地內任何人都要賣力。

真不愧是老爺，居然自己率先做那麼多工作。

他一定是在為我們的生活著想。

不過老爺後來終於久違地獲得休假，並決定要去自己之前創立的王都麵食街看看。

同行者包含了從長相來看一點都不像是艾莉絲大人舅舅的導師……如果講這種話一定會被多米妮克姊打，所以只能在心裡想。

還有飽麥斯特伯爵家食慾最旺盛的薇爾瑪大人，和不知為何跟過來的卡特琳娜大人……因為缺乏存在感的卡特琳娜大人實在太可憐了，所以這句話我也不會說出口……

以及不知為何也一起加入的我和多米妮克姊，這次的組合真是太不可思議了。

不曉得老爺到底在想什麼？

「啊！該不會老爺的目標！」

是已經變成艾爾文大人未婚妻的我，以及早已結婚生子的多米妮克姊？

「哼！」

「好痛……」

多米妮克姊，我明明什麼話都還沒說出口……

「我早就看穿妳的想法了。之所以讓我們同行，只是希望我們能對新料理提出客觀的意見。」

「我是覺得夫人她們也行。」

「據說是因為她們也常和老爺一起享用新的料理，所以評價比較不準確。」

原來如此……所以卡特琳娜大人今天才一起來啊。

「哼！」

「好痛……」

我明明什麼都沒說……

真希望多米妮克姊別再擅自看穿我的心聲而打我。

「蕾亞真辛苦……」

看吧，卡特琳娜大人誤以為多米妮克姊是會亂打人的暴力女了。

「因為管教部下是我的工作。」

「這樣啊……」

多米妮克姊，就算妳這樣說明，卡特琳娜大人看起來還是一頭霧水啊。

「咳。老爺，關於今天的目的……」

多米妮克姊直接蒙混過去了……

「我之前創立的麵食街大獲成功。聽蘿莎小姐說那裡後來又要開新店，但想先找相關人士過去幫忙試吃。」

蘿莎小姐是貝緹小姐的嫂子。

貝緹小姐之後會成為老爺的夫人，所以他才爽快地答應了未來舅嫂的請求吧。

「老爺，是什麼樣的新麵食？」

「聽說是一種量非常多的麵料理，不過這種時候導師和薇爾瑪的感想不夠客觀，所以才想找卡特琳娜和多米妮克妳們幫忙試吃。」

的確，如果相信薇爾瑪大人和導師說的「量太少」是真的，那就天下大亂了。

「希望多米妮克和蕾亞都能說出誠實的感想。如果只說『好吃』，就沒什麼參考價值了。」

「威德林先生，那道料理的量很多嗎？」

「聽說是這樣。」

「很多啊……我是無所謂……」

卡特琳娜大人產後就開始減肥，今天的料理可能會讓她至今的努力全部白費。

但她還是不想失去和老公一起外食的機會。

卡特琳娜大人真是可愛。

「鮑麥斯特伯爵，那間店在哪裡？」

導師似乎想盡快吃到新麵食。

「呃……看地圖應該就在附近。」

老爺參考事先收到的地圖，帶我們來到那間店前面。

那裡以前似乎是間小餐館，但老闆突然去世後店就收起來了。

據說老闆有個當過冒險者的兒子，在後來繼承了那間店。

之所以比較晚開幕，是因為花了一些時間開發菜單。

如果只是順其自然地繼承了父親的店應該會很不安，但他還是有好好開發菜單，大概是受到老爺的影響吧？

「前冒險者啊，是很常見的類型呢。」

「導師，是這樣嗎？」

就是所謂的第二人生，再拚一次嗎？

「嗯，這種情況通常被稱作『冒險者經商法』！」

「感覺不是什麼正面的詞彙？」

「因為金錢上有餘裕，所以就順其自然地開店，然後倒閉！」

果然做自己不熟悉的工作時，不應該匆促行事。

不然失敗後會賠光冒險者時期的積蓄。

「但『冒險者經商法』這個詞背後還有另一個意思！」

「另一個意思？」

「嗯，這世界就是會有人閒到去調查冒險者和非冒險者創業的成功機率！」

「其實差不多之類的？」

「蕾亞姑娘，妳答對了！」

冒險者經商算是轉換跑道，所以給人一種容易失敗的印象。

但其實不管是不是冒險者，本來就有很多人會經商失敗。

「有些人不管做什麼都一帆風順，有些人不管做什麼都會失敗！」

「「「「「……」」」」」

唔哇，導師講得真白。

連老爺都傻眼了。

「這也未免講得太露骨了。」

卡特琳娜大人說的沒錯。

「只能希望今天這間店不會變成那樣！」

就在導師還沒試吃就開始亂講話時，店裡突然跑出一個女服務生……是女服務生嗎？

「鮑麥斯特伯爵大人——！是這裡喔——」

我瞬間嚇了一跳，但幸好是認識的人。

坎蒂先生像個少女般不斷朝這裡揮手。

「蕾亞，這位是誰？」

「啊，多米妮克姊不認識他嗎？他是坎蒂先生。」

我幫多米妮克姊跑腿時經常出入昌先生的店，然後就和曾在那裡幫忙過一陣子的坎蒂先生成了朋友。

我一開始也被他的外表嚇了一跳，但實際聊過就發現他不僅內心是個少女，還是個好人。

「坎蒂先生，好久不見了。」

「哎呀，蕾亞看起來也過得不錯呢。」

「蕾亞？」

「坎蒂先生是我的朋友，也是艾莉絲大人的朋友喔。」

「這樣啊……」

多米妮克姊是個超級認真的人。

所以可能要花一點時間才能習慣坎蒂先生。

「蕾亞，妳真厲害。」

「咦？是嗎？」

坎蒂先生是個話題豐富又好聊的人。

而且他非常了解點心和洋裝的事情。

「哎呀，艾莉絲今天沒來嗎，真遺憾。」

「艾莉絲大人希望能盡量自己照顧腓特烈大人。」

「畢竟是媽媽呢。旁邊這位是蕾亞的主管嗎？」

「是的，她同時也是艾莉絲大人的兒時玩伴。」

「這樣啊，請多指教。」

「呃，好的……」

多米妮克姊，妳不需要這麼戒備啦。

「小壯也來啦。最近都沒什麼機會見面，害人家好寂寞，今天能見到你真是開心。」

「在下也是……」

「坎蒂先生也認識導師喔。」

「我們以前是同一支隊伍的冒險者。」

「很厲害對吧，坎蒂先生人脈很廣呢。」

「哎呀，被蕾亞稱讚了。」

居然曾經和王宮首席魔導師一起當過冒險者，坎蒂先生真是多才多藝。

就連裁縫和料理都是專家水準。

「坎蒂大人今天也收到邀請了嗎？」

「與其說是邀請，不如說這間店的老闆就是人家當冒險者時最後指導的人。因為這層關係，人家今天才來這裡幫忙。」

「原來是後輩啊，坎蒂先生人真好。」

「討厭啦，又被蕾亞稱讚了。」

幫助退休後重新創業的後輩，可不是件人人都能做到的事情。

真不愧是吾友，坎蒂先生。

「……導師，你怎麼了嗎？」

感覺導師今天特別安分。

老爺則是有些開心地在觀察那樣的導師……

大概是面對以前的恩人，感到有些緊張吧。

「坎蒂先生很會照顧人呢。」

「這裡的新老闆本來還想再當一段時間的冒險者，但他的父親突然去世，讓母親一個人經營餐廳又太辛苦了，所以決定靠新料理開店。他以前在隊伍裡就是負責煮飯，廚藝非常好，最近這一帶的客人也變多了吧？」

居然願意支援後輩的第二人生。

坎蒂先生果然是個好人。

「鮑麥斯特伯爵大人，還有其他幾位，大家好！」

或許是聽見店外的聲音，當過冒險者的老闆從店裡探出頭，他給人的感覺和我想像的差不多。

雖然他比導師矮，但比坎蒂先生高大。

真不愧是前冒險者。

「大家好！我叫達托曼！」

他講話的方式也很有冒險者的感覺。

或許是不想給坎蒂先生這位前輩丟臉，他連對我們也是彬彬有禮地打招呼。

「那麼，你做的是什麼樣的麵料理？」

「關於這部分，還是直接試吃會比較清楚。」

在坎蒂先生的招呼下，我們跟在老爺後面走進店裡。

然後……

「歡迎光臨！」

「歡迎光臨！」

「威德林先生？」

兩個體型和老闆很像的男店員，用足以讓老人心跳停止的聲量向我們打招呼。

卡特琳娜大人和多米妮克姊都被嚇到，並分別抓住老爺和我。

「蕾亞，妳不怕嗎？」

「為什麼要怕？」

既然店員這麼有氣勢，餐點應該會很好吃吧。

「氣勢十足呢。」

「我也一樣是前冒險者！我想在這裡研修，將來去其他地方開分店！」

達托曼先生看起來就是個肉體派，而且也很照顧後輩。

據說肉體派的冒險者在退休後，意外地很難適應其他職場。

他們常常最後只能接體力活，甚至還有人加入了黑社會。

達托曼先生似乎打算讓後輩們來店裡學習麵料理，好讓他們將來能自己去開新分店。

坎蒂先生大概也是因為贊同他的想法，才會過來幫忙吧。

「畢竟大家沒辦法像人家一樣靠裁縫維生，開餐廳或許是個好主意。」

「這想法不錯呢。」

老爺也贊同坎蒂先生的想法。

「蕾亞，妳怎麼會知道這些事。」

因為我是艾爾文大人的未婚妻，他經常跟我提起老爺的想法。

雖然艾爾文大人常說他搞不懂老爺，但我是女僕！

「我也是女僕啊……」

這一定是因為多米妮克姊的個性太認真了。

「關鍵還是這間店的料理好不好吃。」

「哎呀，薇爾瑪真嚴厲。」

薇爾瑪大人還是一樣嚴厲，不過她應該只是覺得無論原本的想法再怎麼好，若無法靠料理的味道吸引客人還是沒有意義吧。

「人家覺得應該沒問題。所以小壯你們試吃後，就誠實地說出感想吧。」

「知道了……」

「小壯今天真的很安分呢。明明以前曾和幾名冒險者酒友一起喝光整間店的庫存，然後獨自和超過一百名冒險者打架，並將他們都打趴在地呢。人家之後還陪你一起去道歉……」

「呃……那都是以前的事了……」

導師年輕時也很亂來呢。

熟知導師當時的模樣，還曾經幫他收拾殘局的坎蒂先生則是歷史的活證人。
難怪導師在他面前抬不起頭。
「那麼，關於新麵食……」
導師不想讓自己過去的惡行繼續曝光，於是開始詢問新麵食的事情。
「鮑麥斯特伯爵大人之前不是想出了一種叫『拉麵』的料理嗎？就是那個的改良版。」
「是一種湯麵嗎？」
「沒錯。人家也還算懂料理，所以幫忙出了一點意見。」
我看向店內的廚房，裡面的人正在用一個特大湯鍋熬煮東西。
從湯的味道判斷，應該是山豬和魔物的骨頭，而且熬煮得不錯。
在老爺的指示下，家裡的廚師們最近也開始熬這種湯頭，所以我對這種味道很熟悉。
「達托曼的廚藝不錯吧？人家以前指導他的時候，他就經常負責煮飯。」
「原來如此，不愧是餐廳老闆的兒子。」
「他以前好像是因為不想當廚師，才反抗父親去當冒險者。但父親突然去世後，他終究還是下定決心當廚師。」
「坎蒂先生以前非常照顧我，我也很喜歡冒險者的工作，但我發現自己最喜歡的果然還是料理！」
雖然老爸已經不在了，但只要這間店能成功，他在天堂一定會很開心！」
「真是令人感動。」

繼承父親的衣缽開餐廳啊。

卡特琳娜大人似乎對達托曼先生的故事產生共鳴，一個人在那裡感動。

「最大的問題還是味道，再來是飽足感。」

「薇爾瑪小姐，別突然變得這麼冷靜，一定很好吃啦，我一定會吃完。」

卡特琳娜大人聽完感動的故事後，宣告自己試吃時一定會吃完。

這麼隨便就發下豪語沒問題嗎？

光是導師和薇爾瑪大人都在這裡，就讓人有種不好的預感。

「卡特琳娜，妳不是在減肥嗎？」

「只要不吃晚餐就好。」

「唉，既然妳都這麼說了……」

「讓各位久等了！」

氣勢十足的老闆和店員們，用力將做好的麵料理放在我們面前。

「這個……跟預期的一樣呢……」

「卡特琳娜，妳還好嗎？」

「當然……」

雖然嘴上是這樣講，但卡特琳娜大人的表情已經僵住了。

這是因為擺在我們面前的麵料理，是裝在一個像臉盆那麼大的容器裡。

「這是……一人份嗎？」

「多米妮克姊，好像是這樣呢。」

之所以找我們來試吃，是想讓我們代表普通女性，試探我們面對超大分量料理時，會有什麼反應吧。

「看起來很好吃。」

「確實不錯。」

以薇爾瑪大人和導師的標準，這應該算是過了第一關吧？

容器裡的麵非常粗，而且為了避免麵條被泡爛，還特地提高了麵條的含水量。

「蕾亞，妳什麼時候學會這些知識……」

「是坎蒂先生教我的。」

之前在鮑爾柏格的藤林乾貨店舉辦蕎麥麵活動時，坎蒂先生一下就學會做蕎麥麵，並且指導我怎麼做。

這些技巧也能運用在義大利麵上，艾爾文大人可是對我做的義大利麵讚不絕口呢。

「姑且不論妳的語氣，妳學東西倒是挺快的。」

因為我是女僕啊。

「這道料理的量真多……」

看起來光麵條就有三人份。

何況還有大量麵湯、疊得像山一樣高的燙青菜，以及厚厚的叉燒。

「喔喔！看起來真好吃！」

老爺好像很中意這道麵料理。

大概是男性都喜歡這種餐點吧？

「請配合個人口味，加入放在桌上的蒜泥！想加多少都沒問題！」

「多米妮克姊，這間店真慷慨。」

居然無限量免費供應蒜泥，真是太厲害了！

「再加我應該就吃不完了……雖然不加也很困難。」

「反正只是試吃，吃不完應該沒關係吧？」

「不，既然是神賜予我們每日的糧食，沒吃完就等於是踐踏神的好意……」

話語剛落，多米妮克姊就氣勢洶洶地開始吃麵。

不愧是艾莉絲大人的兒時玩伴。

居然打算認真遵守教會的教義。

「這年頭應該沒有多少人會覺得一定不能留剩飯吧……哇！大家都吃得好快！」

不只是多米妮克姊，老爺、導師、薇爾瑪大人和卡特琳娜大人都以驚人的氣勢開始吃麵。

就在我開始納悶這道麵料理究竟隱藏了什麼魔力時……老爺突然開始做出奇怪的行為。

「老爺，您在做什麼？」

「只要像這樣把底下泡過湯的麵跟沒泡過湯的蔬菜交換位置，麵就不會繼續吸收湯汁。」

「喔喔！老爺真是天才！」

我立刻模仿老爺將麵和蔬菜的位置對調。

只要不讓麵繼續吸湯我應該就吃得完……才怪……

雖然這道麵料理真的很好吃，但感覺不管怎麼吃都不會減少！

「多米妮克姊？」

我看向突然拍我肩膀的多米妮克姊，發現她正淚眼汪汪地指著我的麵碗。

看來她是希望我也能幫她將底下的麵和上面的蔬菜調換位置。

既然現在的狀況就已經很嚴苛了，等麵吸飽湯汁後應該會更難吃完，所以我是覺得應該可以放棄了吧？

「嗯？妳想要我幫妳用天翻地覆嗎？」

……咦，卡特琳娜大人居然也沒放棄？

她大概是認為貴族只要做出決定就要貫徹到底，即使硬撐也要吃完吧。

仔細想想，多米妮克姊和卡特琳娜大人的個性其實很像，兩人都既認真又頑固。

話說原來將麵和蔬菜的位置對調叫做「天翻地覆」啊，感覺意外地貼切……

順帶一提，導師和薇爾瑪大人從頭到尾都只是一直吃。

沒有人擔心他們兩個會吃不完。

「老闆，從分量來看，這一碗應該賺不了多少錢吧？」

「我們會努力做到薄利多銷！因為我們自己剛當冒險者時也常吃不飽！所以希望客人們能多吃一點！」

看來跟外表相反，老闆其實是個大好人。

居然只因為自己曾經為食所困，就想盡可能讓客人用便宜的價格吃飽。

「呼……總算勉強吃完了，肚子好飽。」

老爺不愧是魔法師，他漂亮地吃完自己的料理。

但他好像也吃飽了。

「還不夠，再來一碗。」

「在下也要！」

薇爾瑪大人和導師若無其事地要求續碗。

不過在場的人都不覺得意外。

「（這個分量……我真的吃得完嗎？）」

雖然覺得就算吃不完也沒關係，但看見一旁的多米妮克姊邊吃邊向神祈禱，我開始忍不住思考

「如果沒吃完是不是真的會被神責備」。

只要抱著這樣的想法吃……

「哎呀，蕾亞意外地也很會吃呢。」

「啊。」

我居然很自然地就吃完了。

這麼說來，之前去吃蛋糕吃到飽時，我也是吃最多的人。

「年輕真好。人家曾經幫這間店試吃很多次，但上了年紀後食量就跟著變小，每次都吃不完。真不想變老呢。」

沒想到連坎蒂先生都吃不完。

就在我這麼想時，多米妮克姊再次拍了我的肩膀。

「多米妮克姊？」

「……」

這只是試吃，吃不完可以直接剩下來，不需要露出那麼悲傷的表情吧……

「那個……多米妮克姊？」

就說不需要露出那麼悲傷的表情了。

就算吃不完也沒人會怪妳……

「神都看在眼裡。」

「我是覺得祂沒在看……我知道了啦。」

雖然我覺得神應該沒那麼閒……但多米妮克姊平常很照顧我，所以我幫她把剩下的約三分之一碗的麵都吃光了。

「蕾亞好厲害！」

老爺開口稱讚我……但感覺這實在沒什麼好高興的。

不過總比被罵好……

「在下還吃得下！」

「小壯，為了宣傳，我們還另外邀請了很多人來試吃，你稍微克制一點。」

「知道了……」

導師在要第三碗時被坎蒂先生罵了。

但一旁的薇爾瑪大人若無其事地開始吃第四碗。

坎蒂先生果然對女性很溫柔。

「卡特琳娜，不要勉強。」

「我是貴族，絕對不能言而無信。」

卡特琳娜大人，我覺得妳不需要勉強自己吃完。

「我吃完了……」

不曉得該說是頑固還是死心眼兒，卡特琳娜大人最後還是成功吃完了。

但她好像吃得太飽，回去時根本走不動，只能運用「飛翔」魔法稍微浮在空中。

「卡特琳娜大人，您明明不需要這麼勉強自己……」

多米妮克姊如此主張，畢竟她都把自己吃不完的份推給我了。
「鮑麥斯特伯爵大人，請問您覺得有哪裡需要改進嗎？」
「硬要說的話，就是讓女性和小孩可以只點半份吧？」
「原來如此，因為大家都吃不完，所以確實有這個必要呢。」
「「「……」」」
原來如此，真不愧是老爺。
雖然我覺得他提出的意見非常好，但同時也覺得「既然一開始就知道會有人吃不完，為什麼不在試吃前就先說呢？」——包含我在內，應該至少有三個人在心裡這麼想。

＊　＊　＊

「那、那間店終於要來鮑爾柏格開店了嗎？」
「卡特琳娜，有必要這麼驚訝嗎？這很正常吧，畢竟那間店生意很好。」
雖然那間麵店曾經折磨過我們的胃，但沒過多久就因為廣受好評而在王都開了幾間分店，甚至還有人開始模仿他們。
我本來覺得這未免也太快了，但好像是因為有坎蒂先生的協助。

他和舉辦試吃會的老闆聯手，一起協助其他退休的冒險者開一樣的麵店。

此外坎蒂先生還在藤林乾貨店店長的協助下，在自己位於王都的服飾店旁邊開了一間專賣瑞穗食材與熟食的店，他果然是個厲害的人。

鮑爾柏格有許多體力勞動者和冒險者，他們都需要這種能讓人很有飽足感的麵料理。

卡特琳娜似乎對這件事有什麼話想說，但薇爾瑪大人只覺得「受歡迎的店開新分店很正常」。

「妳就這麼不滿嗎？」

「不是這樣……我只是覺得不該讓鮑爾柏格的領民們經歷那場悲劇……」

我是覺得不用擔心，畢竟他們已經採納老爺的意見針對女性、孩童的客人提供半份的菜單，如果還是吃不完也可以直接剩下來。

「只要點小份的就好。」

「我還是覺得應該去確認一下他們的小份有沒有問題。」

「意思是卡特琳娜還想再吃嗎？」

「才、才不是這樣！那道麵食實在是太欠缺優雅了。」

「那不要去就好啦。」

「可是為了避免鮑爾柏格的領民們受苦，我有義務過去確認。」

「這樣啊……」

卡特琳娜大人……妳之前明明飽到走不動，只能靠魔法漂浮著回家……還被露易絲大人取笑身上都是蒜頭味和肚子突出來……

結果現在卻這麼想再吃一次……

但我不是不能理解妳的心情！

我第一次吃完時，也曾覺得不想再吃第二次……順帶一提，多米妮克姊也一樣……

「蕾亞，鮑爾柏格新開了一間麵店，如果妳想去的話，我可以陪妳喔。」

「不用了。」

「唔，其實妳很想去吧？」

「我並沒有特別想去。而且我也可以一個人去……」

「人還是對自己誠實一點比較好喔——！」

「多米妮克姊，不要這麼用力按我啦——！」

明明之前吃得那麼痛苦，居然還想再吃一次。

不過既然能創造出包含多米妮克姊在內的眾多常客，那道麵料理究竟蘊含了什麼魔力……難道老爺對那道麵料理施了魔法？

怎麼可能會有這種事。

「伯爵大人，那間麵店的生意非常好，但客群好像有點極端……」

「只要生意好就沒問題，而且好像有很多人是常客。」

「好像是這樣……但真的那麼好吃嗎？」

我陪多米妮克姊去那間開在鮑爾柏格的新店時，發現老爺和艾戴里歐大人正站在那裡討論那間店的料理。

艾戴里歐大人對這間店的麵料理感到半信半疑，我也覺得那間店的麵料理確實不到非常好吃。

但我可以預言。

艾戴里歐大人也將成為這道麵料理的俘虜。

因為就連個性認真的多米妮克姊都無法逃離那道麵料理的魔力。

間諜教室 1 待續

Kadokawa Fantastic Novels

作者：竹町　插畫：トマリ

第三十二屆Fantasia大賞「大賞」，
痛快的間諜奇幻故事！

世界最強的間諜克勞斯，成立了專執行死亡率超過九成的「不可能任務」組織「燈火」。可是，挑選出的成員卻是毫無實務經驗的七名少女。毒殺、圈套、色誘——在為期一個月的課程中，為達成任務，少女們僅存的手段，是靠著爾虞我詐打敗克勞斯！

NT$240/HK$80

賢勇者艾達飛基‧齊萊夫的啟博教覽 1 待續

Kadokawa Fantastic Novels

作者：有象利路　插畫：かれい

令人有股衝動想跳起來向所有奇幻經典
下跪謝罪的劃時代「汙點之作」橫空出世!!

具備最強稱號「賢勇者」的男人帶著徒弟（文靜巨乳美少女）一同制裁社會背後所潛藏的邪惡。然而實際上卻是全裸帥哥（賢勇者）與罄竹難書的一群變態伙伴交織出滿滿無厘頭笑料——儼然就是某種「沒在怕的社會禍害」（女主角胸圍也順便縮水了）。

NT$240/HK$80

國家圖書館出版品預行編目資料

八男?別鬧了!/Y.A作；李文軒譯. -- 初版. -- 臺北市：臺灣角川股份有限公司, 2021.04-
冊；　公分. -- (Kadokawa fantastic novels)
譯自：八男って、それはないでしょう!
ISBN 978-986-524-339-5(第17冊：平裝)

861.57　　110002079

Kadokawa
Fantastic
Novels

八男？別鬧了！ 17

（原著名：八男って、それはないでしょう！17）

2021年4月12日 初版第1刷發行

作　者：Y・A
插　畫：藤ちょこ
譯　者：李文軒

發行人：岩崎剛人
總編輯：蔡佩芬
編　輯：黎夢萍
美術設計：黃永漢
印　務：李明修（主任）、張加恩（主任）、張凱棋

發行所：台灣角川股份有限公司
地　址：105台北市光復北路11巷44號5樓
電　話：（02）2747-2433
傳　真：（02）2747-2558
網　址：http://www.kadokawa.com.tw
劃撥帳戶：台灣角川股份有限公司
劃撥帳號：19487412
法律顧問：有澤法律事務所
製　版：巨茂科技印刷有限公司
ISBN：978-986-524-339-5